生き抜くための俳句塾

北大路翼

左右社

生き抜くための俳句塾

目次

はじめに——本当の詩は世の中が捨てた中にある

お前ら暗い顔してるなあ。悩みがあるなら言ってみろ。

競艇でまた負けたあ？　借金して勝負しろ。

酔って携帯を無くした？　どうせ飲み屋に忘れただけだよ。

好きな女が梅毒だった？　ってこれは俺の話だ。後悔なんかするもんか。

そんだけか。つまらないことで悩むな。俺にはむしろ自慢話に聞こえたぜ。

呑む打つ買うの三道楽はもちろん、人生は失敗するから面白い。何もない人生なんか、死んでるのと一緒だよ。

負けを認めろ。失敗を嘆くな。いいことなんて一〇回に一回あればいい方だ。人生楽ありゃ苦もあるさ♪なんて暢気な徘徊老人が歌ってるが、あんなのは嘘だ。人生はほとんど苦だ。嘘だと思うなら今日一日のことを思い返してみろ。つまらない苦しい時間ばっかりのはずだ。朝起きるのも嫌だっただろ。もう少し寝たいと思っただろ。通勤は駅まで歩くのも疲れるだろ、歩きスマホの奴がぶつかってきたらむかつくだろ。満員電車も最悪だ。《もし豚をかくの如くに詰め込みて電車走らば非難起こるべし》と詠んだのは奥村晃作だったか。これは短歌だけど、歌人だって怒っている。会社のことはあえて書くまい。仕事が楽しいなんて奴は、もう心が壊れているか安定剤の飲み過ぎだよ。昼飯だって、都内だといい加減なラーメンに一〇〇〇円近くとられる。威勢の良さを、声の大きさだと勘違いした不良あがりのラーメン屋。うるせえなあ、ラーメンぐらい黙って作れ。夜になっても、飲みに行く金なんて残ってない。くたくたになって家に帰り、楽しみは携帯で見る無料アダルトサイトだけ。あー嫌だ、嫌だ。お前らこんなんでよく生きてられるなあ。

でもよく考えろ。苦しいのは本当にお前が悪いのか？

お前は真面目に生きているじゃないか。サボらずに耐えているじゃないか。

はっきり教えてやろう。悪いのは世の中だ。お前じゃない。

だいたいなんだ今の世の中は。うまくいっているように見えるのは小ずるい奴ばっかりじゃないか。いつから日本人はこんなに卑しくなったんだよ。便利さがいけねえ。楽を覚えたら人間は何もしなくなっちゃうよ。緊張感がないから、アタマもにぶくなるんじゃねえのか。テレビのワイドショーなんて馬鹿の代表だな。誰が不倫しようと、離婚しようと俺の知ったこっちゃねえ。何が正義だ、何が道徳だ。加害者だって加害者なりの理屈があるんだろうよ。他人がごちゃごちゃ抜かすんじゃねえ。したり顔のコメンテーターのやっていることこそ真っ先に非難されるべきだ。ほら、早く逃げろ。この本が売れたらアイツらなんて一族ごとぶッ潰してやる。

だから苦労しているお前は偉い。ずるして腐った世の中に順応するよりよっぽど人間らしい。

かといってこのまま手をこまねいているのも馬鹿らしいよな。少しでも世の中に反抗し、人間らしさを共有しようじゃないか。

そこで俺が薦めるのが俳句だ。

「えー何？　俳句？　俳句って年寄りの趣味でしょ。難しくてわかんなーい」

馬鹿野郎!!

俳句は俺が知る限り一番ヤバイ「遊び」だ。年寄りなんかに制御できるか。

俺の俳句はお前らが思っている俳句とは全然違う。

季語、なんだそりゃ。ビールなんか一年中飲めるわい。大事なのは「今」だ。

五七五？　めんどくせえ。短ければ何でもいいよ。

だいたい人間だって自然の一部だ。人間を詠むことと自然を詠むことと何が違うか言ってみやがれ。

俺の俳句は「今の自分を簡潔に表現する」に尽きる。まあ、今がいつなのか、自分とは何なのか、どうやったら簡潔にできるのか、いろいろと難しいこともあるが、それをこれから説明していこうって話だ。やっと俳句塾らしくなってきただろ。

俳句は、人間の愚かさを確認する装置である。後がない渾身の開き直りだ。すべてを引き受けた上で不幸をも笑い飛ばす。カッコいいだろ。その意味で俳句はもっとも過激で、もっとも実践的な文学だ。

殺してやりたい奴もあちこちにいるだろうが、殺しよりもまずは俳句を詠め。研いでいけば刃物より俳句の方がよく斬れる。俺がお前の言葉の研ぎ師になってやる。攻め方さえ覚えれば、守るのは簡単だ。今度は同じやり方で自分の真心を守ってやればいい。

負の感情の方がエネルギーは大きい。感動は心の振り幅だと思えば、絶対値で考えるべきであろう。怒りや悩みは俳句の絶好の素材だ。

捨てるなよ、汚ねえ感情を。

本当の詩は、世の中が捨てた中にある。

第一講

俳人になるための心構え一〇箇条

〇、心を取り戻せ

たいていの俳句の入門書には「思ったこと、感じたことを正直にそのまま写し取りましょう」てなことが書いてある。なるほど、確かにそうだ。読んだ側も、そうか、それなら簡単だなと納得してわかったようなつもりになっている。でも、ちょっと待てよ。こんなアドバイスで俳句が上達した人を俺は知らない。いたとしたら、よっぽど才能を無駄使いしていた超変人だろう。

いいか、よく聞けよ。お前らの問題は俳句の作り方がわからないことじゃないんだ。

お前らは感動の仕方がわからないんだ。

お前らは常識に洗脳されて、何が良いのか悪いのかがわからなくなっているんだ。喜怒哀楽でさえ、他人の顔色を見ないと判断できなくなってるだろ。笑いたければ笑え、泣きたければ泣け。大事なのはお前がどう感じたかなんだよ。お前の心は死ぬ寸前だ。俺が「正しい」生き方を教えてやる。人間なんてまだまだ獣だよ。思い通りに生きればいい。「不健全」な心にしか優良な詩は宿らない。

心さえ回復すれば、俺の授業はほぼ卒業だ。あとは何をやっても輝かしい生活が待っているだろう。そして輝きを確認したくなったら俳句をやればいい。輝く人の俳句は自分にさらなる自信を与え、他人には喜びを与えるだろう。

技術だけ勉強しても無駄だよ。まずは自分を磨くことが俳句上達の近道だ。生き様が俳句になっている人を俳人と呼ぶ。お前も今日から俳人だ。

一、道楽でたいていのことは学べる

俳句は遊びである。それも大人の遊びだ。お勉強や嗜みだと思っている奴はいますぐ俳句を語るのをやめてほしい。そもそも、みんな遊びを馬鹿にし過ぎなんじゃないのか。イキに遊ぶってのは簡単じゃないし、それなりに時間と金をかけなければ身につかない。命がけだよ。最近の世の中に馬鹿が増えたのは、遊びをおろそかにした結果だろう。

いいか、遊びっていうのは役に立たないから大事なんだよ。いかに無駄なことに有限の時間や金を使えるかで人間の価値が決まる。心の器の広さだ。たいていの奴の経験は十七文字以下だろう。俳句が短すぎるなんて思うなよ。十七文字の器はでけーぞ。今までのお前らの生き様では最初の五文字を埋めることもできないだろう。

だから遊べ。遊びまくれ。

といってもどうしたらいいかわからない奴もいるだろう。遊びで忙しい奴は、こんな本を読まないだろうからな。まあいい。遊びの基礎から教えてやろう。

遊びといえば、昔から呑む打つ買うと相場が決まっている。三道楽だ。道楽というとありがたいだろう。「道」という字が入っているから人生に必要なものなんだよ。楽になるための道、いいなあ。この良さがわからなきゃ駄目だ。考え方に余裕があるというか、スマートだよな。これを本当のインテリジェンスという。元来知識とはお洒落なものだ。

何、呑む打つ買うがわからない？　呑むは酒、打つは博打、買うは女だ。この前、打つを注射だと思っている馬鹿がいたが嫌になっちゃうヨ。カッコつけてる奴は「うつ」と読まずに「ぶつ」と言ったもんだけどね。これだと今度は暴力ですか？　なんて真顔で質問されそうだな。冗談じゃないっての。

覚える順番も大事だ。俺は酒、博打、女の順に覚えた。酒と博打は小学校の高学年ぐらいのころだな。俳句にはまったのもちょうどその時期だ。子供のころはとにかく変わった不良になりたくて種田山頭火に憧れた。

さくらまんかいにして刑務所　種田山頭火

この句が俺の原点だ。桜という自然を愛でる気持ちと、それが刑務所にある屈折感。俺が俳句を詠む理由はすべてここに集約されている。

そんな山頭火が愛した酒を俺も愛してみたくなった。溺れるとは愛の極限状態である。隠れて父親の酒をちびちび飲みながら、小学校を卒業するころ自分の部屋には、お年玉で買ったカクテルセットが一式揃っていた。カクテルはナンパな気がするが、流行だったたので仕方がない。トム・クルーズの映画があっただろ。

博打は勝負ごとが好きだったのですぐに夢中になった。博打といっても、賭場に行くわけでもなく小さなギャンブルだ。幸い老け顔で、タッパも一七〇以上あったので、馬券も買えたし、パチンコ屋に行っても大丈夫だった（もう時効だよね）。当時はオグリキャップによる競馬ブームや、CR花満開などの連荘機人気でパチンコ屋もどんどん増えていた。時代も俺を後押ししてくれたのかも知れない。おっと、ここでも満開か。つくづく俺の人生は桜みたいなもんだなあ。高校に入ってからは、毎日麻雀。同級生をカモにして、すぐに全自動雀卓が買えるぐらい勝った。面子がなかなか集まらなくなってしばらく麻雀には触れていないが、最近はネットでプロの対局も見れるようになったので麻雀熱が再燃している。今年開幕したMリーグも楽しみだ。

女……のことは長くなるからまあいいか。一つだけ言っておくと、「買う」はもちろん抱くことで一回きりが望ましい。恋人なんか作っちゃいけねえよ。恋なんて遊びではなく堕落だ。セックスに愛情はあるけれどね。

道楽は欲望の肯定である。どれも努力しないで、欲を満たそうというところに美しさがある。努力は駄目だ。努力したら手に入るに決まっている。当たり前のことはつまらない。

博打に勝った金で酒を飲み、酔った勢いで女を抱く。これ以上のことがあるか。少しも俳句の話にならなかったが、俳句も肯定だ。駄目な自分をどんどん受け入れればいい。道楽は人間が駄目だということを教えてくれる最高の教科書だ。

二、いいものに触れる

学ぶことは楽しい。学ぶとは興味を持つことである。学びは「遊び」と相反するようであるが俺の中では同じことだ。チンポと頭は動くうちに使った方がいい。

俳句をやりたい奴は、俳句と並行して俳句以外のことに興味を持つことだ。俳句だけをやっても俳句は痩せていくだけである。逆に俳句に興味を持ち続けていれば、すべてのことが俳句の栄養になる。

昨今の俳人の視野の狭いことよ。本当に今の世の中で暮らしているのか不安になる。ちなみに俺はピアスとかタトゥーの句が大嫌いである。一般人にとっては、ピアスやタトゥーが現代の若者（それも不良寄りの）の象徴で、珍しいものであるらしいが、どんな時代だよ。ピアスやタトゥーのどこが珍しいもんか。俺のまわりには角《つの》を入れたり頭蓋骨に穴を開けている奴もいるがそんなの普通だよ。お前らの常識は何十年前の常識なんだい。常識の更新、これも学びのうちだ。

だいたいお前は安室奈美絵を抱きたいと思ったことがあるか。（「アムロナミエ」が俺のPCで一発変換できなかった。ショック）

コミケに行ったことがあるか。

牛丼のツユだくを頼んだことがあるか。

的場文男が七一二五勝したことを知っているのか。

うーん、いい例が思いつかねえ。俺も古いなあ。まあこんなことはどうでもいいとしても、少なくとも他の表現分野には興味を持った方がいい。まずは同時代の表現者を探すことだ。

とはいえ、短歌や詩では近すぎる。小説でもまだ近い。文学のくくりは親戚づきあいみたいであまり刺激がない。

俳句は表現だ。俳句を文学に押し込むな。俳句がアートに分類されないことを俺は嘆いている。

俳句こそ究極のアートじゃないか。

音楽の聴覚、絵画・写真の視覚、ダンス・舞踏のリズム、古典芸能の時間（伝統）などなど。これらをすべてを含んでいるのが俳句なのである。

学ぶとは盗むことだ。綺麗な言葉では体験を共有するとも言う。

まったく知らない、わからないことでも、同じ場を共有すれば感じることがあるはずだ。

感じることが表現の勉強だ。覚えることではない。感じることだ。

とにかくまずは一流の物に触れ、一流の人に会うことである。慣れ親しんだ二流の世界は居心地がいいだけで、何の勉強にもならない。

二流であることを自覚し、外に飛び出そうぜ。本当の一流は二流を馬鹿にしたりしない。

三、謙虚さは傲慢である

反省はするな。反省をしたところで何にもならないし、言い訳がうまくなるだけだ。言い訳は進歩を妨げる。むしろ停滞を肯定するための言葉を言い訳という。

では失敗したらどうすればいいか。一番いいのは失敗に気がつかないということだが、ここまで才気のある奴はなかなかいない。気づかないふりはできるけど、本当に気がつかないというのは一部の天才にしかできない。俺がしているのも、所詮気がつかない「ふり」でしかない。

失敗したら大事なのはとにかく開き直ることである。とくに自分にダメージがないミスは平然と開き直ればいい。自分にダメージがあったときはとことん悔いる。ただそれだけ。悔いて、悔いて、怒って忘れる。これしかない。そのうち、他人のせいにできたら素晴らしいことさ。

忘れる、これも大事だ。同じ失敗は何度も繰り返せばいい。何度もする失敗というのは、生き方が必要としている失敗である。何かに必要であるから失敗するのだ。夢もそう。同じ夢を何度も見ることがあるだろう。あれは早くその夢の意味に気がつけという無意識からのメッセージなのだ。中途半端な反省は、無意識からのメッセージさえ取り違えてしまう。

俺はすべての依存症を愛する。依存は究極の無反省だ。セックス、ギャンブル、アルコール。なんでもいいから夢中になってみろよ。頼るものがあるのは幸せさ。無頼とは何も頼らないの謂《いい》ではない。頼らずにいられないから無頼なのだ。

おっとだいぶ脱線しちまったな。大事なことはこれからだからちょっと待ってくれ。俺が言いたいのは、失敗の肯定ではなく、失敗できる環境を作れということだ。自分で悩んだり解決しようとしたりせず、失敗を共有する。隠してはいけない。そしてそれが笑いに変わったら最高だ。失敗は成功の母ではなく、失敗は次の失敗のためのネタなんだ。

（おっぱいは性交の母だけどね）。

だいたい失敗と成功は誰が決めるんだい。俳句は特にそうだ。初心者が自分勝手に自分の句を良いとか悪いとか言うな。

句会で投句の前に「いい句じゃないけど……」と言う奴を俺は許さない。なんでお前なんかにいい句かどうか判断できるんだよ。

お前は謙遜している振りして、俳句を舐めてんだよ。

俺の句会では、良いか悪いかは俺が決める。なんてね。言い過ぎたな。反省（笑）。

結局、俺が言いたいのは謙遜するなってことかな。どんどん俺と一緒に調子に乗ろうぜ。

四、含羞を持て

俺は幸せが怖い。というか昔から性に合わない。

照れくさいんだろうな。うまく言えないけどね。

幸せというのはある種のピークだ。絶頂だ。つまりあとは維持するか下降するしかない。だから怖いのか。違うな。人間の命が有限である限り（面白い日本語だな。限りの限りって随分と大袈裟だ）幸せが無限でないことは納得できる。特別に怖れることではない。とするとやはり絶頂がいやなんだな。絶頂っていうのは浮かれた状態で、無抵抗だ。エクスタシーと一緒。セックスの最中に恨み辛みを言う奴はいない。考えてみれば、セックスなんぞ一番大事な性器をお互いに預け合うんだから、そうとう無抵抗な儀式だな。くわばらくわばら。

俳句は抵抗の詩であると俺は思っている。抵抗、不満がなければ表現なんてやる必要がない。

生まれながらの俳人であり、廃人である俺は常に抵抗していないと不安になる。抵抗フィリアだ。いやな性癖だなあ。

もう一つ嫌なのは幸せが他人から与えられた概念であることだ。抵抗フィリアの俺にとってこれはもう我慢できない。屈辱でさえある。

だって「幸せ」ってなんとなく定義できるだろ。いい学校出て、いい会社に入って、かわいい嫁さんもらって……。ばーーーか。冗談じゃない。世の中に都合のいい人間が幸せであってたまるか。お前ら社会に洗脳されてんだよ。


ヒヤシンスしあわせがどうしても要る　福田若之

いいだろこの句。幸せに対するおちょくりが痛切だ。

それに俺は家族という形態が嫌いだ。あんなのは所詮国が決めた制度だろ。一夫一妻もおかしな話だし、別に誰に認められてなくても当人同士が「幸せ」ならいいんじゃないの。同性婚うんぬんが騒がれているが、勝手に一緒に暮してればいいじゃん。そんな国に認めて欲しいのかねえ。ガキだってセックスすれば勝手にできるし、飯さえ食わしておけば勝手に育つよ。親がいなくても長屋で育ててやればいい。

健康というのも気持ち悪いなあ。不健康な人を馬鹿にするつもりはないので、ここは言葉を選んで長生きとしようか。そんなに無理矢理長生きをしなくちゃいけないのか。煙草を何本吸おうが長生きする奴は勝手に長生きするよ。それをやれ受動喫煙だなんだの、細か過ぎるんだよ。お前が生きていたって世の中には何の影響も無い。そんなせこい奴はストレスで早死にすればいい。

長生きは仕方なくするものだ。振り返ったとき結果として生きていたということだ。望んでする奴は卑しい。

怒ってばかりだけど、これが照れ。

照れがなきゃ俳句にならない。

五、便利さに溺れるな

今年は危険な猛暑だったそうだが、俺はクーラーなしでひと夏を越えた。暑くて目が覚めると風呂に張ってある水に浸かって体を冷やす。なかなか気持ちのいいもんだ。熱中症で死んだら、太陽に殺されたと思えば名誉なことじゃないか。

太陽にぶん殴られてあつたけぇ　北大路翼

これは春の句。撲殺されたら夏だな。

だいたい暑くなったのは、室外機のせいじゃないのか。どいつもこいつもクーラーつけまくりやがって冗談じゃない。お前なんかのために地球をあったためるんじゃないっつーの。夏に暑いのは当たり前だろ。なんでそんなことが我慢できないのかねえ（編集部注：危険なので我慢しないでください）。四季も風情もあったもんじゃない。暑さに耐えたあとだから、秋の風の涼しさが心に沁みるのだ。

ついでに言うと電子レンジも俺は使わない。最近のレシピを見ると、すぐに電子レンジが出てくるが、あんなの使うのは料理じゃないっての（ちなみに俺は料理が大好きだ）。一回で食べられるだけの量を毎回作る。自分に対してだって料理はもてなしの心だ。ご馳走って言うだろ。あちこちを奔走してもてなすのが料理なのだ。「チン」でもてなすのはベッドの上だけでいい。もっともこちらだって楽ばっかしてると怒られるからな。

便利さは、必要以上に俺たちの楽しみを奪ってしまった。便利さにどっぷり浸かると想像力がどんどんなくなっていく。飛行機ができてからの旅のつまらなさよ。新幹線だって早すぎる。もう旅するだけでは俳句にならなくなってしまった。むろん郷愁なんて死語だろうな。思い立ってすぐ帰れるところをふるさととは呼ばない。

子供たちからはスマホを取り上げろよ。画面の中よりも、家の外に出ろよ。どろどろになるまで転がりまわれよ。傷なんか唾でもつけときゃなおらあ。あんなひ弱なガキはすぐに死ぬぞ。

最近天災が増えたのは、便利さにしがみつく愚かな人間への警鐘だと思っている。もう天災じゃなく人災だよ。

便利さを手放すには勇気がいる。一度楽を覚えてしまったらわざわざ面倒くさいことはしたくないのが人情だ。でもな、何もしないってのは、人間の放棄だ。人間は考える葦って昔の偉い人も言ってただろう。考えるだけなら金もかからない。

六、メディアより己を過信するべし

文明批判の続きだが、テレビは見ない方がいい。あんなもんを面白いと思っている奴はすでに考えることを放棄している。特にバラエティーがひどいな。ニュースやスポーツなど結果を伝えることに重きを置くものは百歩譲ってまあよしとしよう。二〇年近くちゃんと見てないのでいい加減なことしか言えないが、字幕が出演者のレベルを下げたのではないかと思っている。これも情報過多、便利過ぎることの弊害だ。適当なことをしゃべっておけばあとは字幕でカバーしてくれる。逆に言えば、言葉の力はそれだけ強いと言える。みんなテレビ見て感心している奴は、字幕の情報に感心しているんだよ。俺たちはその文字の力を信じて俳句を作ればいい。

そして一番腹が立つのはメディア全般のポリティカル・コレクトネスだ。次から次へと新しい「正しさ」を送り込んではしたり顔をしている。日本なんか八百万の神なんだから共通の正しさなんてあるわけないだろ。グレーゾーンにこそ美徳があったりもする。またそれを信じる馬鹿が今度はSNSでさも正しそうに人様に意見しやがる。てめえの意見なんて犬も食わねえっての。あとどうでもいいけど、SNS関係では女が女を褒めるのは気持ち悪いな。自分が責められるのを怖れての褒め合い。政治家とやってることが一緒じゃねえか。だいたい「〇〇ちゃんかわい過ぎ」ってなんだよ。かわいすぎたら一周回ってブスってこととか。おかげで俳句で「〇〇過ぎる」って使いづらくなったわ。

匿名も駄目だな。人に文句を言うときは、まずは自分が何者かを表明するべきだ。生身で批判を受ける覚悟があればあとは何を言ってもかまわない。それがルールだ。

俳号はOKだ。むしろつけた方がいい。俳人としてやっていこうという意志表明になるし、自己演出もしやすくなる。俳句の世界には自己演出を嫌う向きもあるが、俺は積極的にやるべきだと思っている。俳人を演じるということは日常に俳句が入り込むということだ。目立つためだけのことではない。俺は北大路翼になってから、性格まで「北大路」っぽくなった。地味な俳号をつけていたら、もっと地味な句ばかり作っていただろう。ちなみに「屍派」を名乗ったせいで、仲間は死にかけばっかりだ（笑）。

俳号は自分でつけてもいいが、出来ればつけてもらった方がいい。俺も高校の時に、担任でもあった「街」という俳句結社主宰の今井聖につけてもらった。井上秋燕《しゅうえん》、加茂柏《はく》葉《よう》、金本アンドレ、いろいろといたなあ。みんなどうしているんだろ。

俺がつけた俳号もある。一番気に入っているのは五十嵐箏曲《そうきょく》。双極性障害だから箏曲。どうだ！　今はその病気が進んでしまい行方不明だが、一日も早い復帰を望んでいる（最近復帰しました）。

顔もどんどん露出した方がいい。最近はやたらと顔を隠したがる奴がいるが、表現者は顔を隠してはいけない。極論だが、それが危険だと思うなら、表現をやめた方がいい。言葉だって相当な暴力性を持っている。何かを発表する限り、すべての起こることに対して責任を持つべきだ。顔を隠すのは照れではない。責任放棄だ。言うなれば俺たちは言葉で殺し合いをしているのだ。闇討ちはいただけない。こそこそしてるから俳人は童貞くさいって言われるんだよ。顔はその人間の生き様である。

七、刺激には刺激を

俺には調子がいい日がない。いつもどこかしら具合が悪い。運動もせずに毎晩飲み歩いているので、当たり前といえば当たり前である。自慢できるとしたら病院に行かないことぐらい。特に薬を飲むのが大嫌いだ。ダメ絶対って感じ。

風邪を引いたら、サウナに行けばいい。初期の風邪は汗をかけばたいていは治る。

虫歯になったら抜けばいい。歯なんか二、三本なくても大丈夫だ。どうでもいいが、俺は、神経を引き抜くときの感覚が大好きだ。直接脳に触れているようでワクワクする。痛みなんかは練習すればある程度コントロールできるようになる。歯医者には危険だからやめろと怒られたけど。危険と言われるとやりたくなるのが人情だ。

二日酔いには迎え酒、花粉症にはメンソール煙草、怪我をしたら唾をつけておけば問題ない。切り傷を自分で縫おうとしたこともあるが、これは流石に無理だった。皮膚は布のようにはいかない。針はいいけど、糸が通る感覚が気持悪かった。ちなみに俺は、頭と背中と右肘と太腿に縫い痕がある。全部で一〇〇針ぐらいかな。年齢×一針が健常な生活レベルだと思う。怪我のない人生はつまらない。

過保護にすると身体は弱っていく。人間の自然治癒力はすごい。ちょっとやそっとじゃ死なねえから安心して怪我しろよ。俳句も同様。ばんばん批判されることで強くなっていく。俳句を鍛えるとはそういうことだ。

八、ケチらない

金が嫌いだ。というより貯蓄が嫌いだ。利子なんてほとんどつかないんだから、金は手に入ったらすぐに使うのがよい。金を持っていると働く気もなくなるし、いいことなんか何もない。普段から人に奢っていれば、いざ無一文になったときは誰かが助けてくれるというものさ。金だけでなく、時間もエネルギーもどんどん消費しなければダメだ。思い立ったら即行動。ためらっている暇はない。人のメモリーなんてたいした量はない。俺なんか昼になったら、朝何を食べたか忘れてしまう。

常に吐き出し続けなくては、新しいエネルギーが入ってこない。悩みやすい奴の悪循環は、考えるだけだから、新しい考えが入ってくる余地がないのだと思う。ばんばん捨てていくことで、身体も脳もリフレッシュできる。

金も使うと入ってくるというではないか。金はどんどん使ったほうがいい。セックスもばんばんやれ。ばんばんやってるうちにいい女が巡ってくる。俳句もばんばん作れ。そして作ったらすぐ捨てろ。俳句ではこれを多作多捨と呼ぶがいい言葉だと思う。人生も多作多捨だ。作るのは大変だからまずは捨てる練習だな。金も女も俳句もすぐに捨てられるようになれば一流だ。血液が循環しているうちは、人は死なない。

九、変化を楽しむ

今月だけで髪の色を四回変えた。色が落ちてしまうこともあるのだが、すぐに飽きて違う色にしたくなる。髪型も年中変えている。パーマ液の匂いを嗅ぐと季節が変わった気がする。

季節が変わるのに同じ恰好をしている奴はどん臭いと思う。季節に敏感になるというのは知識だけではなく行動が伴わないと意味がない。俳人はもう少し変化を楽しんだ方がいい。一年中同じ見た目でつまらないと思う奴が多い。生活に関する季語だってファッション関係のものが多いだろ。俳句がうまくなりたければファッションに気をつかえ。曜日ごとに眼鏡を変えても大袈裟ではないくらいだ。コンタクトも仕事用とプライベート用で、色を変えたり、瞳の大きさを変えたり、いろいろと遊んで欲しい。いまは何だって安く手に入るではないか。俺が子供の頃は、まだカラコンなんてなかったもんなあ。試せることをやらないのは怠慢である。

変化を楽しむコツは決めないことだ。意見だってころころ変えてもいい。昨日の自分より今日の自分が正しい。そしてそれより明日の自分の方がもっと正しい。一寸先は闇でも何でもいい。わからないことが至上の楽しみだ。俺なんか、予定を立てると、もうそれをやりたくなくなる（すぐにドタキャンしてごめんなさい）。約束という言葉もキザで嫌だね。あんなもん体のいい契約じゃないか。今やりたいことと明日やりたいことは違う。明日のことなんて誰が知るかい。

すこし脱線するが、競馬でこんな話がある。全レース一点で当てた女王がいて、みんなは彼女にどうして的中できたのか尋ねたそうだ。彼女は笑みを浮かべこう答えた。「それを知ったら、皆様競馬がつまらなくなるんじゃないかしら。オホホ」だってさ。厭味なイギリスらしい話だが、要するに、ものごとはわからないから面白いということであろう。ギャンブルの楽しさは、自分では絶対だと思っていたことが、簡単に裏切られることにある。

寺山修司も人生で負けを経験できるのはギャンブルだけだと言っていた。いいね、負けるのって。人間最期は必ず死ぬ＝負けるんだ。勝ちは次の負けへの準備でしかない。負けを笑いに転化することを文学という。

一〇、頑張るのは一度だけ

日本人は勤勉過ぎる。なんでもかんでも一生懸命やっていたらすぐに疲れてしまう。何かあるとすぐに「頑張れ、頑張れ」の大合唱。俺はあえて「頑張るな」と言ってやりたい。家事なんてさぼりながらやればいい、仕事だってクビにならない程度にこなせれば大丈夫だ。どうせ大した額をもらっていないんだろう。たかだが二、三〇万円のために心と体をすり減らすことはない。一〇〇万ぐらいならギャンブルで一発だよ。もちろん負けるのはもっと早いけど。自分を安く売ってはいけない。実際は安くても高く見えるように振る舞え。振る舞いが自分を作ってくれるはずだ。カッコをつけて生きろ。

本当に頑張るのは人生で一度だけでよい。ここぞという時は寝る間も惜しんで、そのことに没頭しろ。俺が歌舞伎町で俳句を詠み始めたときは一年で一五キロ痩せた。前にも書いたが、人間は簡単には死なない。心はすぐに壊れるけどね。まあ気がふれるぐらいじゃないと頑張ったなんて言わせねえ。他人に頑張れと言うのは気が狂えと言うのと同じだ。頑張れ。

第二講

俳句的脳内回路の作り方

俳句に対する向き合い方ばかり話してきたので、ここからは思いを俳句にする方法を教えてやろう。どんな入門書にも載っていない、超論理的で実践的な回路だ。俺の頭の中を見せるようなもんだ。雑誌なら袋綴じにするところだな。コンピューターのプログラミングと同じで、このやり方であれば誰でも俳句がうまくなる。いまからお前は俳句マシーンだ。

とはいえ大事なのはどう伝えるかではなく、何を伝えるかだ。それを忘れない奴だけ俳句マシーンになることを許す。ここまでこの本を読んできてくれた奴らには心配ないと思うが。

詠みたいモノを思い浮かべる

まずは詠みたいものを頭の中に思い浮かべる。たったこれだけだ。すぐ歳時記を見たり、辞書を引いたりする奴がいるがそんなものはしまいなさい。字を調べるのは、句ができてからでよろしい。

ここではわかりやすく蜜柑《みかん》を例に話を進めるとしよう。蜜柑なら誰でもわかるだろ。

さあ、蜜柑を頭に思い浮かべてみろ。漢字ではただの「蜜柑」でしかないが、映像化した蜜柑は観念の蜜柑ではなく人それぞれの蜜柑だ。山になっている蜜柑、炬燵の上に積まれている蜜柑、冷凍庫の中で凍った蜜柑、はたまたすでに食べ終わった蜜柑の皮を思い浮かべた奴もいるかも知れない。実物ではなく絵や写真の蜜柑だっていい。思い浮かべた時点でもうその人の体験が裏打ちされていることがわかるだろう。蜜柑という一語だけで何万、何億パターンの蜜柑があるのだ。俳句が十七文字で充分だということをもう一度意識して欲しい。

「蜜柑」を思い浮かべたらあとは徐々に周辺を肉付けしていく。この肉付けによりモノがシーンになり、シーンがストーリーになっていく。漫画を描く様子を想像するといいだろう。この肉付けこそテクニックなのだが、大事なのは最初のモノだ。迷ったら必ずここに帰ってこい。何度でも言おう。すべての発想の起点はモノである。

連想にはルールがある

それでは肉付けの方法を説明しよう。肉付けとは連想である。連想ゲームというくらいだから、誰にでもできることである。ところがこの連想が難しい。

断言しよう。大人ほど連想が下手である。自分で連想の範囲を決めているからだ。その範囲を常識とも言う。

先ほどの蜜柑の例でも、数秒で何種類かの蜜柑を思い浮かべられた奴はいたか。蜜柑といえば一つだと思って、二つ以上の蜜柑を思い浮かべた奴はほぼ皆無だろう。

誰が蜜柑は一個って決めたんだ。

誰が蜜柑は黄色って決めたんだ（まあ黄色いけれど）。

みなここで行き詰る。常識は詩の敵である。常識は脳を萎縮し硬直化し、自由な発想を妨げるのである。

とはいっても常識を完全に捨て去るのは難しい。詩人としては成功かも知れないが、社会人としてはアウトだ。数人はアウトになって欲しいが、入門書と謳っている以上厳し過ぎてもいけない。ではどうしたら良いか。

最初に言った通り、連想はゲームだ。ゲームは楽しいから簡単という意味ではない。

ゲームだからルールがあるのだ。

ルールさえわかってしまえば、あとは表からでも裏からでも自由にゲームを支配できる。

これから誰も語らなかった秘密の工房をお見せしよう。

言葉の展開法

ではまた蜜柑の話に戻ろう。

普通の人は蜜柑といえば最初に思い出すのは「甘い」「すっぱい」だろう。「硬い」「柔らかい」とは言わない。「硬い」「柔らかい」も間違いではないのに、なぜか。それは蜜柑を「食べ物」というもう一つ大きなジャンルの中で考えるからである。

蜜柑のことを聞かれたら常識で食べ物としての蜜柑を聞かれているのだろうと判断してしまうのである。一度「甘い」と考えてしまったら味覚から逃れられなくなる。どれだけ考えても無駄だ。

蜜柑が「乗り物」だったらどうなるのか。蜜柑が「筆記用具」だったら何なのか。連想のコツとは、まずはジャンルを意識的に外すことだ。ぼんやりしていてはダメだ。常人では外せないから「意識的」に外すのだ。とにかくこれを徹底して欲しい。これさえできるようになれば世の中の見方も変わってくるだろう。

外したあとは機械的に、そのモノの状態を把握していく。把握する方法は五感がもっともわかりやすいだろう。五感とは視覚、聴覚、触覚、味覚、嗅覚でヒトが外界を感知するための基本的な機能である。慣れてきたら自分なりの尺度を付け加えていけばよい。把握するとは言語化することでもある。

視覚がもっとも種類が多く（色・形・数・運動・テクスチャー・状態など）、言語化しやすいだろうか。前項の「思い浮かべると」は視覚で把握することでもある。

これを蜜柑でやってみる。

・黄色い蜜柑、小さい蜜柑、三つの蜜柑、転がる蜜柑、食べかけの蜜柑（視覚）
・うるさい蜜柑、しずかな蜜柑（聴覚）
・ざらざらした蜜柑、つめたい蜜柑（触覚）
・甘い蜜柑、すっぱい蜜柑（味覚）
・臭い蜜柑、いい匂いの蜜柑（嗅覚）

うるさい蜜柑なんて、意図的に作らなければ想像できなかったはずだ。気にせずこれらをどんどん組み合わせていく。

・うるさいすっぱい蜜柑
・うるさい甘い蜜柑

どちらが面白いだろうか。うるさいすっぱい蜜柑だと「うるさい」「すっぱい」でマイナスのイメージという別のカテゴリーが出来てくる。いろいろな組み合わせのパターンを覚えていけばこれがオリジナルの尺度になる。俺の得意分野で言えば「歌舞伎町っぽさ」という語彙のカテゴリーがある。下ネタも同様だ。

うるさい甘い蜜柑だと、なんかお金持ちの嫌な奴が浮かんでこないだろうか。

一つの感覚を深化させていくのもいい。とにかく連想と把握をストップしないこと。イメージを動かし続けることが必要だ。「いい匂い」の連想を広げてみよう。

・いい匂いの蜜柑↓恋の匂いの蜜柑↓お風呂の匂いの蜜柑

そしてこれをまた、最初の他の感覚と組み合わせてみる。

・食べかけのお風呂の匂いの蜜柑

うーん、なんだかすごい蜜柑になってきただろう。

これをすべての単語について行う。最初のうちは時間がかかるが、慣れてくれば一瞬だ。蜜柑で一度訓練しておけば林檎になろうとゴリラになろうと同じ作業をすればいい。一度蓄積したイメージはすぐに引き出せるようになる。一度繫がった神経が反射で動くのと一緒だ。

イメージの蓄積は俳句を鑑賞するときにも役に立つ。


手にみかんひとつにぎって子が転ぶ　多田道太郎

この句の「みかん」はこの句だけの蜜柑だが、蜜柑の想像の訓練のあとは今までとは感じ方が違うはずだ。きっと小さくてしずかな蜜柑が浮かんでいることだろう。

自分のイメージが多いほど余白は広がる。書かれていないことまで鑑賞すると、過鑑《かかん》賞《しょう》だと非難されることがあるが、俺は過鑑賞こそ、俳句の訓練であるし、俳句の楽しみだと思っている。棒状のモノが出てきたら全部男性器だと思って読んでも間違いではない。

モノからシーンへ

モノが決まったら、次はそれがどういう状況であるかを考える。ここでも方法は簡単である。散文の5W1Hを機械的に用いるのだ。韻文であろうと散文であろうと、意図が伝わらなければ意味がない。意図を伝えるための必要条件が5W1H＋動詞なのである。いつ（when）、どこで（where）、誰が（who）、何を（what）、なぜ（why）、どのように（how）で5W1Hだ。英語の勉強にもなっていい本だなあ。

最初に思い浮かべたモノによって一つ目は自動的に決まる。「蜜柑」の場合はWHO（誰が、何が）でもいいが、WHAT（何を）の方がわかりやすそうなので、そこに当てはめてみる。他も適宜当てはめると

・いつ　真夜中に
・どこで　学校で
・誰が　先生が
・何を　蜜柑を
・なぜ　哀しいので
・どのように　泣きながら
・どうした（動詞）　剝いた

「真夜中に学校で先生が蜜柑を哀しいので泣きながら剝いた」となる。「なぜ」「どのように」は具体的なモノではないので、二つは削って「夜中に学校で先生が蜜柑を剝いた」を原文としよう。だんだんスリムになってきたが、まだ俳句には長過ぎる。もう一つ削ろう。ここで注意したいのは削るということは、もとはそこにあったということだ。余白は過鑑賞から生まれるものではなく、そこにあったものを思い出すことなのだと思って欲しい。要素内の変化を縦のカテゴリー、要素同士の結びつきを横のカテゴリーとしてイメージするとわかりやすいか。縦は直感、横は経験で蓄積していくものだ。「いつ・どこで・誰が・何を」の四つから一つ削ってみる。

・学校で先生が蜜柑を剝いた。
・夜中に先生が蜜柑を剝いた。
・夜中に学校で蜜柑を剝いた。

ここまでくればほとんど俳句だ。

「誰が」がなくなるとたんに自分の動作のことになるのが韻文の不思議なところだ。俳句や短歌が本当に一人称なのかはじっくり考えたいと思うが、ここでは省略する。

音数を合わせてみよう。

学校で教師が臭い蜜柑剝く
真夜中に先生一つ蜜柑剝く
真夜中の学校で剝く青蜜柑

と原文が三句になった。

さらに最初の文から要素を削ってもいい。

・学校で蜜柑を剥いた。
・先生が蜜柑を剥いた。
・真夜中に蜜柑を剥いた。

これでもまだ言いたいことは伝わるだろう。俳句にしてみよう。

　学校でまづい蜜柑を剥かされて
　先生がうるさい蜜柑剥いてをり
　真夜中に風呂の匂ひの蜜柑剥く

これで一文が六句になった。ちなみに蜜柑は冬の季語である。いつということを言わなくても全体の雰囲気は「冬」だということがわかるだろう。季語が重要視されるのは、情報量の多い単語であるからだ。
最後はＷＨＡＴ以外を全部削ってみる。

・蜜柑を剥いた。

先ほどのモノの連想を組み合わせて

ざらざらのすっぱい蜜柑剝きにけり

動詞がなくてもいい。

ざらざらの甘くてまづい蜜柑かな

順番を入れ替えるだけでも違う句になる。

まづくて甘いざらざらの蜜柑かな
甘い蜜柑ざらざら蜜柑まづい蜜柑

一文からこんなに句ができるのである。まずはなんでもいいから一文を作ればあとはどうとでも俳句になる。

これを先ほどの蜜柑の連想のパターンと組み合わせればすごい数の句ができることがわかるだろう。逆に言えば単語レベルの連想×文体の選択が俳句を決定するのである。

実作

最後に一句ができるまでの思考パターンを示しておく。いかに流動的か体験して欲しい。

これを無限分裂俳句作成法と俺は呼んでいる。

真夜中に先生一つ蜜柑剝く
真夜中に老婆が一つ蜜柑剝く（「誰が」変化）
水中で老婆が一つ蜜柑剝く（「いつ」から「どこ」へ）
水中で老婆が一つ牡蠣を剝く（単語の変化1）
牡蠣を剝く老婆が一人水中へ（語順の変化＋単語の変化）
牡蠣を剝く老婆が一人空中へ（「どこ」変化）
牡蠣を剝く老婆が二人空中へ（単語の変化2）
空中へ牡蠣が老婆を剝きながら（語の入れ替え）
牡蠣を剝く老婆の一人が先生で（最初の句とドッキング）

←イメージをまとめて

退任の教師が牡蠣を剝いてをり

句が変化していくうちにイメージも変化していくことがわかるだろう。空中が出てきたことで、死後から引退のイメージに落ち着いていった。あれ、あんまりいい句じゃないか。でも「蜜柑」を詠もうとしながら、できた句には「蜜柑」が入っていない自由さを味わってほしい。「蜜柑」にこだわるのならばいつだって「蜜柑」を戻してやればいい。

退任の教師の席の蜜柑かな

これならさみしさもあっていい句だろ。

第三講

最強句会ルール・実践編

屍派句会のやり方

俳人が作ったもっとも素晴らしいものの一つに句会がある。公正公平で知的ゲームの最高峰であると思う。俺が家元を務める屍派の句会はその句会からそぎ落とせるものをすべてそぎ落として、最短で最速のゲームに仕上げたつもりである。いまから屍派句会のやり方を説明しよう。これさえ覚えておけば他の句会に出なくてもよい。

一、人数

当たり前のことだが、句会は一人ではできない。二人でも、自分以外の句が相手の句だとわかってしまうので面白くない。句会がエキサイティングなのは無記名で誰の句かわからないまま会が進行することである。俺の句がぼろくそに言われることもあるし、作者がわからないから遠慮なく好きなことを言えるのである。

かといって三〇人になると人数が多過ぎる。公民館などを借りて行われるいわゆる俳句結社の句会は二〇～三〇人ぐらいの参加者が一般的だと思う。主宰や主要同人がメインに解説し、他の参加者は黙って話を聞いていることが多い。これではいかにもお勉強会である。何時間も黙っているのは精神衛生上良くない。俳句なんか、なんだかんだと文句をつけているうちに覚えるもんだ。

俺的には一〇人前後がベストだと思う。そのくらいの人数なら居酒屋にだって集まれる。屍派の句会もほとんど一〇人前後だ。もっとも天守閣（俺の運営する「砂の城」の4F）は一〇人も入れば足の踏み場もなくなるけど。

メンバーは一人は上級者を入れた方がよい。下手くそ同士で集まっても意味がない。麻雀は一番下手な奴のレベルで卓が進行するが、句会は一番上手な人のレベルで会が進行していく。これが俳句における「座」の魔力だ。

二、場所・道具

句会の場所はどこでもいいが、できれば酒が飲めるところがいい。酒は心を饒舌にし、頭を活性化させる。酔いつぶれたら抜ければいい。やり方は追って説明するが、入退出自由なところが屍派句会の画期的なところだ。句会は最終的には自分のためにやるので、進行の邪魔にならなければ、どんな態度であろうとかまわない。細かいことを気にする奴は俳句に向いていない。同様に道具も最低限書くものと紙があればよい。紙は切って短冊にする。俳句を一行で書きやすくするために縦長の紙にするのだ。このとき紙は必ず手で切る。紙をちぎり始めた段階で俳句モードにスイッチが入るし、その日の手触りで今日はいい句ができそうだとか自分のコンディションがわかるようになる。俳句がうまい奴は、紙の切り方もうまい。あとは灰皿を手元におけば準備完了だ。

三、進行の仕方

❶題を決める

最初に題を決める。何もないところからいきなり作るのは難しい。題は何でもいいが、その良し悪しで出てくる句が決まるので、実は一番重要なポイントだ。慣れてくると、作りやすい題かどうかはすぐにわかるようになる。

題のパターンはいろいろだ。季語、漢字一字の詠み込み、表記は自由で〇〇という音を入れる、〇〇な句というテーマで作ることもある。色とか、乗り物とか種類全般で出すこともある。面白いところでは「〇で始まって〇で終わる」なんて題でやったこともある。「ま」で始まって「こ」で終る俳句なんて頭のトレーニングになるから一度やってみるといい。

一番すごかったのは「小」という題を出したときに、字を小さく書いた奴がいたことだ。句に題が入っていないので、「題がねえよ」とダメ出ししたら「小さく書いてあるだろ」だって。こいつは天才だと思ったね。

❷投句

題が決まったらあとはひたすら作る。屍派句会は何句出してもいい。たいていの句会は出句数が決められているが、そんなケチなことをしても面白くない。句数ではなく時間で切るのが屍流。時間は一〇分もあれば充分だ。始めのうちはもう少し長めにしてもいいが、だらだらと伸ばしてもあまり意味がない。できるときはできるしできないときはできない。だいたい人間の集中力なんてそんな続かねえだろう。煙草を二本吸い終わるぐらいの時間がちょうどよい。時間制限は厳密にせず、まだ書いている人がいればそれを書き終わったら終了とする。流動的なのが大人のやり方だ。だいたい一人一〇句ぐらいはすぐにできるようになる。

❸披講

句が集まったら決められた人がランダムに読み上げる。これを披講という。投句後いきなり披講に入るのが屍流。普通の句会では集められた句を、誰の句かわからないように別の人が書き写し（清記という）、それを配ることから句会が始まる。俺たちはその手順をすっとばした。字なんて読まない。耳で聞いた情報を頼りに句を判断する。聞くだけで一句を覚えられるのが、俳句の短さの長所である。これが長い散文であれば、聞くだけで全てを覚えることは不可能だろう。

披講者は一度頭の中で読んでから、二度声に出して読み上げる。頭の中で一度読むのは、句のリズムを把握するためだ。これが一番大事なことなのだが、ほとんどの奴はこれができない。すぐに声に出して読もうとするが、そんなことは俺にだってできない。さぐりさぐり読んでも、いい句に聞こえるわけがないっての。俳句は音楽だ。披講者がうまければ下手な句も上手に聞こえるもんだ。自然と良いリズムを体にしみこませることで俳句の型がわかってくる。二度読むのは一度目に聞いたことが間違えていないか確認するためである。二度聞けばほとんど誰でもその句を覚えることができる。

　耳による効果を信頼するとともに、書くことを捨てたのはもう一つ理由がある。それは表記による小手先の技を使わせないためである。初心者に限って、変なルビをつけたり、一字アキにしたり、わざと平仮名で書いたりする。俺はそういうテクニックが大嫌いだ。俳句は基本的に漢字で書けるものは漢字で書く。テクニックに頼るのは、心の衰えだ。他の俳句の入門書には「桜」を「さくら」と書くとやさしく見えるとかつまらないことが書いてあるかもしれない。そんな本はすぐに燃やした方がいい。ケツを拭く紙にもならない。「桜」と漢字で書いても、優しさが伝わる内容を描ければ、優しさはきちんと伝わる。楽をしていい句を作ろうとする根性が気にいらない。表記に関する発言は屁派では認めない。

❹講評

講評は句が読み上げられた時点で、一句一句行う。司会はもうけず、言いたいことがある人が自由に発言する。一言でもかまわない。「面白い」だけでも言い方やタイミングで評価は伝わるし、場の雰囲気で句の良し悪しはすぐにわかる。いい句は読み上げた瞬間に全員から驚嘆の溜息が聞こえるものだ。これも「座」の魅力だ。屍派句会では俺は添削例を挙げることが多い。句をいじることによってどこが弱点なのか直感的にわかってもらえるようにしているつもりだ。あれこれと理由は説明しない。ダメな句は「ダメー」で終わり。だいたい一句一分ぐらいだな。ぐずぐず話すよりも、読み上げられた瞬間の場の反応がすべてだ。これは実際に屍派句会を体験すればすぐにわかるだろう。「場」をコントロールする力がその人の俳句力だと思っている。

講評が出揃ったら作者名を明かす。作者は自作については何も語ってはいけない。披講者は読み上げた短冊をその作者に返す。こうすることで最終的に自分が作った句は自分の手の内に残ることになる。

❺まとめ

作って一〇分、講評して一〇分、酒煙草トイレで一〇分、あわせて大体三〇分ぐらいが一回の句会にかかる時間である。これを一晩で五〜一〇回行う。二、三回やってるとだんだん調子が出てきて、一〇回以上やり続けると幻聴が聞こえるようになる。まあそれはともかく、やり方がわかったところで実際の句会の様子をお伝えしよう。これが屍派の句会だ！

実践編

翼　今日は入門書の句会コーナーのために句会をやります。不適切な表現は後からカットしますので、安心していつも通り進めてください（笑）。まずは題を決めたいと思います。一〇分間で出句無制限です。本のテーマが生きづらい人たちのための俳句入門だから、「死」にしよう。満を持しての「死」だよ。屍派★なのに一回もやってなかったからね。

★しかばねは……北大路翼が家元を務める、新宿歌舞伎町を中心に活動する俳句一派。元ホスト、バーテンダー、女装家、鬱病、依存症、ニートなどが夜な夜な集まり、やりきれない思いを俳句に載せて詠み明かす。詳しくは『新宿歌舞伎町俳句一家「屍派」アウトロー俳句』（河出書房新社）をご一読ください。

（一同は怪訝な顔。）

翼　さすがに「死」はいやか。じゃあ「し」と読める漢字全般にしよう。「四」でもいいし、「支」もいいし、「し」と読める漢字が入っていれば句の中で違う読み方をしてもいい。そのかわり同じ漢字は一人一回までにしよう。それではいま二〇時三〇分だから四〇分まではね。初めての人もいるから四五分までしようか。ではスタート。

（句作中。酒を飲んだり煙草を吸ったりトイレに行ったり。足を怪我して、座れずに立ったまま作句をする人もいる）

翼　はい。じゃあ締め切り。今書いているのが書き終わったら終わりね。披講は龍に任せます。

（投句箱をシャッフルして句会スタート。投句箱は今飲んでいる日本酒が入っていた空箱。縦長なので、句を出すときの抽選感が高まる）

翼　けっこういっぱいできたな。固まってるのもあるのでよく混ぜてから始めてください。

龍　それでは行きます。

一回戦　「し」と読める漢字の入った句

秋深し詩集の中のピアノかな　　とうま

翼　詩集って死臭じゃなくてポエム集か。綺麗すぎるよね。★

★綺麗なことは誰でも詠める。大事なのは批判性。

龍　作者は？

とうま　とうまです。（以下、名乗りは省略。実際の句会では発言の後に名乗りがあるが、ここでは便宜的に、作者名を句に付す）

十三夜はにかみがちな施設の子　裕

一同　おお〜！★

★一同の反応が大事。現場に来てもらうのが一番だが最初の反応でほぼ句の良し悪しがわかる。屍派句会が最短最速である所以。

翼　いいね、切ないね。

龍　十三夜は月なんだけど、十三歳の青春の夜でもいいし。

翼　虐待されてるよね。煙草の痕が腕中にありそう。
龍　満月にはあと二個足りないんだ。
翼　もう一箇所くらい傷つけられる余地が残ってる。

神よりも紙にゆだねる屍派　てつや

翼　「屍体」の「し」。屍派への挨拶句★だな。

★俳句に造詣の深い文芸評論家の山本健吉の死後あまり口にする俳人がいなくなったが、俳句における挨拶性は大事だと思う。特に初めての人が、挨拶句を作ってくれると嬉しい。

翼　ただダジャレの句はどうしても選が厳しくなる★ね。

★落語でも地口落ちはあまり良しとされない。

路傍司　本当に意味が深くないと採られないね。

両親がゐないドラフト四位かな　翼

龍　これいいねぇ。両親がいないドラフト四位はおもしろいな。まさに今日の話だからドラフトは季語★だね。一、二、三じゃないからなかなか話題になりにくいんだけど、ワイドショーの五分枠とかで一応触れる感じ。

★季感があれば新しい言葉でもどんどん採用する。

青空は紅葉に合ふ名詞かな　路傍司

翼　おもしろいね。角度が変わってていい。なんか合わない気もするけど（笑）。
雅美　逆に合っちゃうとつまんないかも。
龍　「名詞かな」なのかな、「絵の具かな」とかじゃない？
翼　色じゃベタすぎるよ。「青空」と「紅葉」が名詞として似てるって、変な句★だからこれはいいよ。

★もちろん褒め言葉。変人も同様。常識は我々の敵である。

志半ばで女装する案山子　翼

龍　この字なんて書いてあるの？　解読して。★

★字はぎりぎり読めればいい。何よりも速度を優先する。

翼　「女装だよ」
一同　なんだよ。翼さんか。
翼　もうばれたので解説すると、案山子《かかし》が自分でするわけじゃなくてされちゃうわけだから、「女装する」じゃなくて「女装になる」だな。ほんとはもっとロックスターみたいにしたかったんだけど、めんどくさくなって変なオカマみたいになったとか。
龍　中途半端にかわいくないし色気もないし。とりあえずお姉ちゃんのお下がりのスカートとか履かせて。着たい服着れないっていう案山子の哀しさがある。

視姦する股のうぶげ秋ふかし　雅美

翼　うん、だからなんだよっていう（笑）。秋ふかしじゃねえよ。
路傍司　「うぶげの」にすれば音数は合うのに。
翼　山口誓子に「ほのかなる少女のひげの汗ばめる」って句があるね。これも産毛でしょう。これくらいいってくれなきゃ。「少女のひげ」がすごいよね。たしかにひげといえばひげなんだけど、女にひげがあると断言できるのはしりあがり寿★ぐらいだよ（笑）。

★『ひげのOL藪内笹子』。

てつや　なんかだんだん価値観がわかってきたぞ★！　おもしろい。

★今回初参加。

葡萄踏む少女の視界皆葡萄　翼

一同　あーいいね。
ささみ　地獄っぽい。

龍　「葡萄踏む」はワイン作りかな。はしゃいでいるのではなく、一生懸命、次に潰す葡萄どれだどれだっていう。
ささみ　強制児童労働だね。
翼　さっきから子供を虐待★するような句ばっかりだなおい（笑）。

★不幸や哀しみは詩の源泉である。

十月の詩人と風の休憩所　路傍司

翼　うーん、かっこいいけどねぇ、ＣＤだったら売れない気がする。オザケンが失敗した感じ？　オザケンより詩情はあるけれど、新しさがないんだな。
龍　「詩人と風の休憩所」はうますぎる★と思うけどなー。

★うまいというのは批判するときに使う。

翼　風は難しいよ。松本隆★の悪い影響を受けてる（笑）。

★ＮＨＫ「小さな旅」で共演させていただきました。

結果として詩になった電気屋　穂佳

一同　おお～（笑）。これいいね、いいじゃん。
翼　感電しちゃった感じ？　なんか急に神々しい光とか放っちゃって（笑）。
利行　伝説的になっちゃう。
龍　だいたい町の電気屋ってどこもなんでそれでつぶれねえの？　みたいなとこ多いんだよな。おじさんがひとりでやってて「Panasonic」とか書いてて。まだ「National」か。看板みたいなのが詩になってる可能性もあるな。はい、こちらは？
穂佳　はい。
一同　お～。さすが先生★。

★穂佳は歌人。先日仙台の短歌甲子園で審査員だったので「先生」と呼ばれていた。

焼き芋にこともあらうにエロ雑誌　翼

ささみ　うん、いい。もったいない感じするね。
龍　白黒の風俗ページ。
翼　成田アキラ★のテレクラのページとか（笑）。

★調べてみたらなんと『奥の色道』という漫画を出していた。

龍　エロ雑誌じゃなくてエロ記事でもいい気がするけど。
ささみ　エロ記事だと今はネットになっちゃう。
龍　こともあろうに、小学生にあげる焼き芋に「ピンサロ」って書いてるみたいな。
翼　でもその子はそれをずーっと大事に持っとくんだよ。捨てるふりしてポケットに入れたりして。これがのちのち思い出になるんだ。焼き芋見ると勃起しちゃうみたいな。

始祖鳥の屍骸の沈む水の秋　利行

一同　おお〜。
翼　これはよく作ったね。ジュラ紀だよね、始祖鳥。
路傍司　「水の秋」がなぁ。

翼　「水の秋」渋いんじゃない？★　時間を感じさせていいじゃん。

★ちゃんと季語も話題になります。

雅美　こういう句はなかなか出ないね。
翼　「水の秋」は古代まで繋がっていく感じがするよ。スケールが大きい。
雅美　さりげないしうまいね。
龍　「死骸」って生々しく見えちゃうけど。
翼　「化石」くらいでもいいのかもね。でも「死骸」だと目の前に生きてる感じがするから。化石だともう粉になっちゃうけど、死骸だと羽が見えてくる。俺は好きだな。

もろこしの粒を死なせてエンケン忌　裕

翼　遠藤賢治か。「カレーライス～」の人。わかる人しかわかんないな（笑）。そういうちょっとペシミスティックなフォークシンガーがいて。エンケン忌★ っていつ？

★忌日を〇〇〇忌という。名前だけでなく、その人にちなむ言葉やその時期などがつけられることがある。芭蕉は時雨忌。昨今は、東日本大震災からフクシマ忌なる言葉が生まれたが、あれはやりすぎ。町が滅んだわけではないのに。

裕　今日。

利行　そうなんだ。みんなそんなのわからないよ。

私生活顕になりぬ渡り鳥　利行

翼　くだらないけどいいね。渡り鳥がよく効いてる。

龍　家がない人がここに泊まったりして、「あいつ家がないらしいよ」って噂が。てつや　俺のことかと思った。人生で二〇回以上引っ越してるから。

翼　ヤドカリかお前は。

龍　こないだ子規記念博物館行ったけど、子規★も結構引っ越してたよ(笑)。

★正岡子規。明治を代表する文学者。彼が俳句や短歌の革新をとなえてからまだ一〇〇年ちょっとしか経っていない。

二回戦　年末感のある句

翼　二回戦は読み込みではなくテーマ詠にします。本の刊行が年末★なので、年末感のある句でいきましょう。とことん僕の都合で進めます（笑）。それではまた一〇分間で作ってください。年末なので年を越えたらNGです。

★この頃まではそのつもりでした。

（作句タイム）

掘炬燵この毛は絶対女の毛　翼

一同　いいね。めっちゃいい。
路傍司　まあでも年越し感はないな。冬感はあるけど。
てつや　掘り炬燵よりもフラットな炬燵のほうがエロい。
龍　だって掘り炬燵って家にないでしょ。居酒屋？
翼　昔は結構あったけどね。確かに置き炬燵のほうがいいかな。

龍　大掃除してて毛を見つけたってことか。

凍えてるだけ屋上に立ち尽くし　ゆり子

翼　第六トーアビル★だな、新宿の新しい季語（笑）。

★歌舞伎町の自殺の名所。

龍「凍えているだけの第六トーアビル」でもいいんじゃない。これは？

ゆり子　はい。

翼「婚約をしても自殺をしたい人★」。

★この日、メンバーの龍とゆり子が婚約。

耳と肌少しさみしい夜の道　てつや

路傍司　季語が欲しいなぁ。

龍　「さみしい夜の道」で冬感はある。
翼　でも耳と肌って違うようで同じだからな。もう一個変えたいよね。指先みたいにするか。
路傍司　鼻がいいんじゃない。
てつや　私です。鼻がいい。
翼　芥川龍之介に「水洟や鼻の先だけ暮れ残る」って句があるね。この句も鼻のつめたさとさみしさがある。

柊挿す風林会館停電中　裕

一同　いいじゃんこれ。
翼　でも節分★だぞ「柊《ひいらぎ》」は。

★柊に鰯の頭を挿して飾る。よく考えたらすごい風習だよなあ。

ゆり子　クリスマスツリーと間違っちゃった。

ルブタンに踏まれてをりぬ聖夜劇　裕

龍　SMしてるか喧嘩してるかどっちかだけど、劇だからSMかな。本当の喧嘩なんだけど、自分を笑うから劇って言ってるのかも。「てめーもう来んじゃねーよ!」とかキャバクラの前でやってて。
路傍司　喧嘩してるカップルを見る感じもあるね。
翼　ルブタンだとなんとなく、若い風俗嬢の感じが出るよな。

★本当はよく知りません。

甘勃起つまんでおりぬ寒昴　裕

利行　「甘勃起」ってどういう意味。
龍　甘い?　スイート?
てつや　「軽勃起」みたいな。半勃起より柔らかい感じ。
利行　でもキレイだな。「寒昴」が効いてるよ。散り散りになった星座の虚しさがある。
翼　「寒昴」だけだよ（笑）。

龍　「甘勃起」はおもしろいと思うけどね。「甘嚙み」に対応する言葉なんじゃない？
翼　なら「甘勃ち」だな。★

★こんなことだけ真面目に議論しています。

公園のイルミネーション消えていて　とうま

翼　わははは（笑）。いいね。
ゆり子　クリスマス終わってすぐかな。でもまだ撤去してないんだ。
翼　恵比寿の感じ。中途半端についてんだけどいつの間にか消えてるのあるよ（笑）。
路傍司　「消えていて」じゃなくて「切れていて」がいいんじゃない？
翼　いや消えるくらいがいいよ。
てつや　「消えてゆく」はどう？
翼　それじゃ見てることになるから。見に行ったら消えていたのがいい。

聖樹で首吊れば私も美しい　ゆり子

一同　おおー。

翼　クリスマスリースの方が吊りやすいけどね。

利行　具体性は要らないよ（笑）。

翼　「クリスマスリースは首を吊りやすい」、文体が五十嵐箏曲★っぽい句だな。

★「蒲公英は倒れてゐることが多い」など。屍派の主要メンバー。今回は参加していないが句会中毒。

龍　体重を支え切れないリースくらいでもいいけど。

路傍司　ミスってる感じがいい。

翼　箏曲もネクタイで首吊っちゃったって言ってたけどあいつネクタイ持ってないから（笑）。はい嘘ーって。

龍　そこが人間のおもしろいとこなんだよな。これは？

ゆり子　はい。

翼　明るくない花嫁。

雅美　なんか心配になるな。

ゆり子　通常営業です。

ドンキすら年の瀬色に染まりたる　龍

翼　あそここそ一番季節感があるからな（笑）。季節を先取りしてるし。
路傍司　もっと引いてほしかったかな、遠くから見てほしい。
翼　ドンキより八百屋くらいがいいんじゃない。
龍　ハナマサとか？

同伴はクリスマスツリーの辺りまで　叶

一同　うーん。
てつや　相当売れてるからクリスマスツリーで終わるんですよね。他にもお客さんがいるから。
翼　同伴ではクリスマスツリーまで行かないから、どっちかというと見送りのほうだよね。
龍　だから、同伴客は見送りをクリスマスツリーまでやるとか。ほんとはもっと手前なんだけど。
翼　同伴時は、じゃなくて同伴客はってことね。難しいな。あと「クリスマスツリー」のところは音数★を合わせたほうがいいね。

★五七五の定型にはさほどこだわらないが、リズム感は大事にしたい。気持ちよく一息で読めることが必要。

つけて消す紅白歌合戦ひとり　翼

路傍司　褒めてあげたい句ではあるな。

龍　でも消して最後つけたらもうゆく年くる年みたいな。

翼　「ひとり」が渋いだろ。句がおじいさんになってきたな俺も。★

★自分の句は自分で守るのが家元の特権。さみしさや元気のなさをやたらと肯定したくなる。

おそろいのセーターの人動き出す　とうま

路傍司　冬だけど年末感に乏しいか。

翼　海外の感じ★がするな。パリとかの枯れ木の下にいる老夫婦。

★深読みだが、このくらいは感じとってもよいと思う。鑑賞がずれることよりも想像力を鍛えることを優先したい。

龍　初詣並んでて、やっと前動いたよってふたりで仲良く歩くシーンじゃない？

翼　枯れ木のベンチに座ってる老夫婦がいいね。

龍　でもそれ以上のおもしろさはないよな。

翼　いや、老人のゆったりとした人生の歩みを感じて俺は好きだなこれ。若い男女じゃなくて老人だと思うとガラッといい句になるなー。年末やることないけどただ夫婦で同じペアルックを五〇年くらい着てる。寒くて席を立つみたいに思うと。

路傍司　それは北大路の想像力あってこそじゃない？

翼　でもセーターって老人しか着ないじゃん。

龍　そんなことねぇよ（笑）。

首にする奴とも仕事納めかな　利行

一同　おお〜。
翼　今また仕事納め遅いからね。三一日とかまでみんなやるから。
路傍司　句としてすごいいい。
翼　現代っぽいよね。昔はこんな句なかったと思う。
雅美　ちゃんとサラリーマンで生きてる人の句だな。
翼　カタギの句だよね（笑）。俺はクビになるほうだから。

三回戦　糸偏の漢字の入った句

翼　だいぶ慣れてきたので、今度は五分でやります。題は「糸偏」の漢字にしよう。

（作句中。二三時ごろ）

枝豆の続きは大豆神無月　路傍司

てつや　おおー。

龍　成長したら大豆の収穫。過程と、★枝豆の次に味噌とかになるって意味か……。

雅美　説明したらつまんなくなっちゃうんだよね。

★理が勝ちすぎると余韻がなくなる。

翼　「続き」がちょっと雑すぎるな。それで全部言うのは無理だよね。お月見は月見豆って言うくらいだからね。ちょっとつきすぎ★かな、全体的に。まとまりすぎちゃった。

★言葉同士の本意が似ていること。

約束をいくつもかわし後の月　ゆり子

翼　古いねー。万葉集みたい。

てつや　ＬＩＮＥとかない時代の感じ。

龍　「後の月」をちゃんと使うの難しいよなぁ。

翼　夜這いの話だろこれ。源氏物語みたいな。

雅美　天智天皇と天武天皇だよこれ。
翼　もうちょっと現代風にアレンジしないと。

糸を引く夜に残った意図の紙　てつや

ゆり子　意図の紙？
龍　意図が書いてある紙っていうことでしょう。
てつや　婚姻届。糸引くようなエッチしたあとに意図の紙。欲望に負けた男の句。
路傍司　川柳っぽいね。
翼　ダメ。あと「糸引く」って、慣用句はだいたい失敗しますね★。みんな使うから新し味がないいんだよ。

★とかく初心者が陥り易いミス。注意されたし。

路傍司　それしか意味を持たなくなるから。
翼　一見うまく決まってるように見えて、古臭いことになるからね。
龍　「糸を引く離婚届のハンコ★」とかは？

★誰の句であろうと手を入れる。短歌で話題になった「歌権」のようなものはない。

翼　そっちのほうがいいね。未練があってね（笑）。押し忘れちゃったから明日にしよ、とか言ってずるずると。

組合に入った途端鮭届く　翼

一同　おお。
龍　「鮭届く」っていいよね。微妙な二〇〇〇円感がいいんじゃないの。
翼　木彫り熊同好会、みたいな。
路傍司　ちょっと説明してるなー。
龍　「入った途端」がいらないか。
路傍司　ひとつにまとまりすぎてる。
翼　厳しいねみんな（笑）。

給食のおばさんの毛があたたかい　翼

龍　これ入っちゃったんだろうね、毛が。シチューの中に給食のおばさんの毛が……。
路傍司　「毛の」だったら説明的すぎなくていいんだけど。
翼　「が」でいいんだよ、きつくていい。
路傍司　でも意図的には入れてないじゃん絶対。
翼　「が」の嫌味な感じがいいんだよ。
龍　これ誰？
翼　林真須美です。★

★カレーに青酸カリ入れちゃった人。

ゆふやけの圧も綿１００％なら売れる　ゆーき

翼　難しいね。
龍　「ゆふやけの圧」って人間の圧なのか、気圧なのか。
路傍司　夕焼けガンガン当たってたら綿１００％なら暑いけどね。
翼　なんかおもしろくなりそうだけど、ちょっとわかんねぇな。★綿１００％と夕焼けの圧の関係性が。

★ダメな句は容赦なく捨てるが、わからないのは残す。いずれわかる日が来るさ。

路傍司　やっぱり夕焼けの圧があったら綿100％は暑いんですよ。

翼　じゃあ売れないじゃん。

雅美　説明ができないのが難しいところだよね。一個一個の言葉はおもしろいんだけど。

不細工も漢字で書くとかっこいい　龍

一同　（少し間をおいて）おー。

路傍司　あったかい感じがするから冬のほうがいいよね。秋じゃないよね。

翼　春がいいんじゃない？　新入生の感じ。

連絡の来ない男のをりし秋　路傍司

翼　固いよね。なんか変だな。「連絡の来ない男の増えて秋★」とか。

★添削が家元の見せ場。プレバトのオファーお待ちしています。

一同　それならおもしろいね。

ファミレスで打合せする総会屋　龍

翼　あるね。
雅美　わかりやすい。
翼　「ファミレスで黙っていたる総会屋」はどう？　黙ってたほうが怖さが出るよね。
「ファミレスで何も頼まぬ総会屋」とか（笑）。
雅美　それ一番いい（笑）。
翼　ファミレスなのにとんだファミリーが来ちゃった。

絹のよな光の中のきみの胸　雅美

路傍司　「絹」じゃないほうがいいよね。
翼　言ってることかっこいいけど中身はどーでもいいな。
てつや　ロマンチック。
翼　勢いで作ってるだけで中身★がなんにもない（笑）。

★雰囲気だけの句は認めない。

線なぞる指先に光る夜の露　てっゃ

翼　ださいね（笑）。線なぞるって言い方が絶妙にださい。なぞるのはイニシャルとか、あとリスカの痕？

龍　リスカの痕を指先でなぞるんだったらいいか。

翼　いいね、「線」に「リストカット」ってルビつけて★（笑）。

★ブラックなことなのに大爆笑だったりする。

龍　「指先に」の「に」はいらないけどね。

先歩く友ほつれた糸の行き先よ　のんのん

翼　いま私はつまんない男に苦労させられてるけどって。友達は幸せそうだけど私は大丈夫なの？ってことですよ。大丈夫だよ、なんとかしてやるよ（笑）。

路傍司　七七つけるといいね。

一同　ありがとうございました。（拍手）

総括

最後ののんのんは突然あらわれて、一句だけ残して帰っていった。一〜三回戦のメンバーが微妙に違うのも屁派らしくていいと思う。題の入っていない句もよろこんで受け入れるし、そんなことで怒ったりしない。ページの都合ですべての句に触れられなかったが、失敗作こそ議論が盛り上がることもある。次ページ以降に当日の句を収録するので、お前らも句会に参加したつもりで好きな句を探して欲しい。

［一回戦投句一覧］

北大路翼

作詞作曲町内会長秋祭
志半ばで女装する案山子
両親がゐないドラフト四位かな
葡萄踏む少女の視界皆葡萄
焼き芋にこともあらうにエロ雑誌
使ひ道なき糸残る文化祭
死んでから赤い実ばかり玄関に
古障子支へてないと閉められない
歴史から消されし庭の紅葉す

叶裕

親友の線を越えたき夜の桃
デリ嬢の下着パクってそぞろ寒
十三夜はにかみがちな施設の子
星月夜裸足で逃げる少女かな
修道女泣かせた夜の小鳥狩り
職質の後の月こそ美しき
赤色灯あふれて蛇は穴に入る
男の娘水密桃に嫉妬する
もろこしの粒を死なせてエンケン忌

木内 龍《たつる》

秋晴れのふとんに乾く精子かな
エアコンのついてる時間停止モノ

こばしてつや

神よりも紙にゆだねる屍派
生死より精子のゆくえ考える
使われて突いてつかれてつかのまに
ちんこさしはずすかんざし志

武田穂佳

電柱の陰に彼氏が待っている
結果として詩になった電気屋
魚屋の死んだ魚の腹の白
駄菓子屋の四人の髪のないこども

津野利行

市政四十五周年末枯るる
師を仰ぎ師と仰がれて秋惜しむ
秋晴の余りに桂三枝かな
始祖鳥の屍骸の沈む水の秋
士業たるものとは言へど穴惑

私生活顕になりぬ渡り鳥

とうま

秋深し詩集の中のピアノかな
歯科医から火恋しいと手紙来る
死臭するカレーの中の茄子の味

林ささみ

哲学者自意識過剰の勉強会
山手線ナンパ師として生きていく

森川雅美

酔ひつぶれ死語の世界に目を覚ます
視姦する股のうぶげ秋ふかし
指圧する肌あたたかき一夜宿
四人だけ歩く背中の彼岸過ぎ

路傍司

愛よりも軽い文句を知らぬ秋
青空は紅葉に合ふ名詞かな
秋宵や司会は今日も青ネクタイ
十月の詩人と風の休憩所
秋風にさらはれ彼の帽子かな
晩秋の電話ボックス死んでをり

［二回戦投句一覧］

北大路翼

掘炬燵この毛は絶対女の毛
古暦ドクロのマークがついた日も
除夜の湯のちんぽにつける女の名
日記買ふアイツを呪ひ殺すため
つけて消す紅白歌合戦ひとり
ドラえもんの悪口を言ふ大晦日
翼本奥付がまた大晦日
レコードの針が出てくる煤払ひ
数へ日の便秘が顔を出すところ

安野ゆり子

凍えてるだけ屋上に立ち尽くし
聖樹で首吊れば私も美しい
4℃リング冷たくしまわれる

叶裕

ルブタンに踏まれてをりぬ聖夜劇
寒星やデリ嬢運ぶ箱あまた
蛍光のディルドの並ぶ聖夜かな
柊挿す風林会館停電中

甘勃起つまんでおりぬ寒昴
同伴はクリスマスツリーの辺りまで

木内龍
売れ残りナンパ男の聖樹折る
大晦日一発やって巫女バイト
カウントダウンテレビに合わせ射精する
ドンキすら年の瀬色に染まりたる
月平均何人抱いたか数えたる

こばしてつや
耳と肌少しさみしい夜の道

武田穂佳
音量はゼロで紅白歌合戦

津野利行
覗き込む闇の深さよ社会鍋
遺言の通りに注連を飾りけり
ボーナスを湯沸室に開けてをり
弟と話したつけか年一夜
首にする奴とも仕事納めかな
父母に甘えられないクリスマス

とうま
そばを喰う姿にありしデジャヴかな
点々とバーゲンセールを巡りたし
公園のイルミネーション消えていて
おそろいのセーターの人動き出す
焚火にはぼんやりとした記憶だけ
雪ん子の願いはきっとあたしだけ

森川雅美
まだ年が明けない時間あと一度
酔ひつぶれ百八足らぬ除夜の鐘
年越しといふには寂しさめた蕎麦
小便をしてゐる内の大晦日
百前に眠つてしまふ除夜の鐘

路傍司
私まだ私が好きよ大晦日
コップ酒名残の空のクラクション
年忘彼女の髪のプリンかな
年暮れのけふも休みのなくて酒
缶ビールの残りの量や年の夜
アルバムの写真黄ばんでゐて年夜

使はれてゐないエアコン大晦日
切れさうな蛍光灯の無精ひげ
年忘れシャツでレンズを磨きをり

［三回戦投句一覧］

北大路翼
綺麗でせうひらひらとフェイクファーでせう
給食のおばさんの毛があたたかい
紙で拭く否手で拭いて稲光
組合に入つた途端鮭届く
結婚式場ストーブに気をつけて
女編集長毛糸パンツかよ

安野ゆり子
約束をいくつもかわし後の月
給食着蹴り蹴り帰る秋夕焼

木内龍
不細工も漢字で書くとかっこいい
ファミレスで打合せする総会屋

こばしてつや
糸を引く夜に残った意図の紙
目が覚めて糸引く体空を見る
線なぞる指先に光る夜の露

のんのん
先歩く友ほつれた糸の行き先よ

森川雅美
秋深し線のごとき夜にゐる
にっこりと綿の先にも紅葉散る
絹のよな光の中のきみの胸

ゆーき
ゆふやけの圧も綿１００％なら売れる

路傍司
糸口は探さないよと夜食かな
買ひたてのコロッケ秋の続きかな
連絡の来ない男のをりし秋
ハロウィーン絵の具の切れたハロウィーン
裏紙の入る灰皿秋の暮
枝豆の続きは大豆神無月

第四講

悩み別作句技法

良いも悪いも時の運。
世の中に一〇〇パーセントなんてないんだ。
つまらんことで悩むな。つまらん常識に惑わされるな。
自分で価値を決めるのが芸術であり、俳句なんだよ。
お前の悩みがいかにちっぽけか、俺が俳句で救ってやろう。

悩み1「自分が誰だかわかりません」（ゴム／三五歳／女／主婦／東北在住）

主婦です。自分が誰だかわかりません。もともとは長い間風俗でしか働いていなくて、男性に貢ぐだけの生活をしていました。警察のお世話になり足を洗うことができ、その後結婚してくれる男性が現れたので過去を隠して結婚しました。出産もして何不自由ない生活、まわりから幸せだね、と言われ、自分でもそう思っていましたが、それは綺麗事で自分に嘘をついていたんだとわかりました。目を離せなかった子どもが少しづつ手を離れ、夢にみていた自分ひとりの時間が訪れてから、自分の欲がどんどん見えて来ました。もっと自分をみてほしい、恋愛がしたい、夫以外に抱かれたい、とか、最後には私って誰なのか、なんで生きてるのか、と思ってしまいます。食べさせてもらっていながらこんな感情を持つのは人として失格なんじゃないか、と思うこともあります。昼間はなんとか「母」とか「妻」を演じてますが、夜みんなが寝たあと、私は何のために生きてるのか、と虚しくなり、フラフラと外を徘徊したり、夜中家事をしている時はほぼ放心状態の日が多いです。働きながら主婦業をこなしている方がいるなかで自分は甘いのかもしれませんが、今更ですが結婚しちゃダメだったのかとか、どうしようもないことを考えてしまいます。外に好きになった相手がいるわけではないし、夫とすれ違っているわけでもないんです。自分が誰かわからなくなって虚しいです。どうしたらいいですか？

回答

もうわかってるじゃん。欲の限りに生きたいのがあんたなんだよ。甘えているだけ。好き勝手にやりたいけど、好き勝手にやったら世間や家族が許してくれないから我慢してるんだろ。そして今更自立する自信もない。そうだろ？　自立できなきゃこのまま、ズルズル生きていくのがいいんじゃないの。自立した人間よりも、甘えられる相手がいる人間の方が俺は立派だと思うけどね。俺は自分が好き過ぎて、他人に甘えることができないもん。それと過去のことはどーでもいいね。やたらと過去にこだわる奴もいるが、そんな奴は相手をしなくていい。過去は忘れろ。過去に引きずられていては何もできない。ついでに未来も捨てちゃえ。今が楽しければいい。今だけを見ろ。今だけ見てればいずれ未来にもなるよ。まあとは地方が合わないんだろうね。東北か。いいところだけど、元気な遊びたい盛りの女には退屈かもしんねーな。時間があるならバイトでもして自分で自由になる小銭を作って、東京に遊びに来るといいんじゃないかな。

思い立ったらすぐに詠め。アドバイスにも言い訳にも俳句は最高だ。

いつまでも女は女なめくぢり　　翼

なめくじりはなめくじのこと。夏の季語だ。生き物はだいたい季語になってるから、季語に困ったときは、周りの生き物を探してみればいい。

なめくじは両性具有だからオスもメスもなく、だらだら生きてるだろ。あいつらに比べたら女が女であるって素晴らしいことなんだ。「妻」も「母」も詰まるところは「女」だ。女であることに悦びを見つけな。

水母とは漂ふものよ母の字も　翼

強いと思っても、「母」だって一人の人間だ。悩んだりくよくよするのは仕方がない。クラゲって女性器みたいだろ。だから水の母って書くんだよ（嘘）。漂うことを肯定してやれ。

髪洗ふ誰のものでもない私　翼

昔は家に風呂もなくて、髪なんて週一回ぐらいしか洗えなかった。夏は特に汗をかくからことさら髪を洗うことがありがたい行事だったんだ。だから夏の季語。毎日、風呂に入っている奴らにはありがたみがわからないだろうけど、暑い日にシャワーを浴びると気持ちいいのは今も昔も変わらない。

髪が女性的なものならば、洗うという自分に触れる行為も、もっともナルシスティックな自分確認だ。お前は自分に触れることができるだろ。触れている肉体がお前だ。自分がわからなくなったらまずは自分を撫でてやれ。そしてそれを愛してやれ。

悩み2「統合失調症で先が不安です」（H・Y／四八歳／男／愛媛県在住）

現在、統合失調症という疾患で治療中で仕事もしておりません。この先どうやって生きていけばいいのか先が見えない毎日を過ごしています。生き甲斐や、やりがいを見つけたいのですが何もできず弱っています。どうすればいいでしょうか？

回答

先なんて俺だって見えない。先が見えないから楽しいんじゃないの。仕事だってしないで生きていけるなら働かない方がいいじゃん。生き甲斐ややりがいは探すものではなくて、自然とみつかるものだ。要はどうすればよいかじゃなくて、どうもしなければいい。不真面目になりなよ。

七夕の思ひつかない願ひごと　翼

悩んでいるときは、希望のある言葉だな。何度も繰り返すけど逆に考えるのが俳句の基本だ。本当かどうか知らないけど、終身刑ばかりを集めたとある監獄には、「希望を持て」って飾ってあるらしいね。ジョークとしちゃ洒落てるけど、真面目な人にはこんなのがたまらないんだろうなあ。あきらめ上手な方が楽に生きられるんだから嫌な世の中だね。まったく。

七夕とか初詣とかクリスマスとか夏祭りとか、宗教関係なくイベントはほとんど季語だ。塞ぎこんでいるのならば、まずはアッパー系なお祭りに参加してみては。盆踊りだって本気でやるとトランス状態になるぜ。

それともう一つ、説明し忘れたことがあった。「思ひ」は「おもい」、「願ひ」は「ねがい」と読む。いわゆる歴史的仮名遣いだ。便宜的に旧かな遣いとも呼ばれている。俺は断然、歴史的仮名遣い派だ。いろんな理由があるが、ひとまずカッコいいからだと言っておこう。ヤンキーは無条件で難しい漢字とか、歴史的仮名遣いを愛するものだ。それに歴史的仮名遣いがわからないと、昔の作品も読めないだろう。慣れてきたら、現代仮名遣いにしてもいい。まずは知識として、歴史的仮名遣いを覚えろ。これは俳句を遊ぶためのルールだ。何でも勉強は楽しいぞ。生き甲斐がないなら勉強すればいい。

悩み3「電車に気になる女性がいます」（ゆうたろう／二三歳／男／学生／神奈川県在住）

春から大学院に通う生活を送っております。昨年度は、大学を卒業してフリーターをやっていました。彼女からお金をたまにもらいながら、ダラダラとヒモみたいな生活をしておりました。大学在学中、今の彼女と三回目のデートのとき、渋谷の人気の少ない坂道で「自分童貞なのですが、筆下ろししてください！」と頼み込みました。そして彼女の承諾をもらい、円山町のラブホで無事に筆下ろしをしてもらい、そのまま付き合う関係となりました。それ以前は、別の女性を許可なく抱きしめてしまったり、通りがかりの女性に「あの、何かついてますよ」と声をかけてしまったり、危ないことをしておりました。今は彼女のおかげで安定した一般のカップルとして、落ち着いた性生活を送っていると自負しております。しかし最近になってからまた、以前のような事をしそうになって少し不安なのです。というのも、毎週月曜日の朝早くに電車に乗るのですが、そのとき、途中から乗ってくる女の子が気になって仕方がないのです。新学期が始まったころは「なんか同じ車両に乗ってくる人いるなー」とだけ思っていましたが、この前、つり革に摑まりながら乗車していたら、たまたま彼女が隣に来たのです。多分考えすぎだと思うのですが、目を女性の方に向けると少しこちらを見て、恥ずかしかったです。それから日曜日になると「明日からまたあの列車に乗るのか」と考えてしまい、また童貞の頃の様な失敗をしてしまうのではないのかと思うと、怖くて仕方ありません。今の彼女をとればよいのか、冒険して一歩乗り出すのか。乗り出す場合は、その方法も踏まえたアドバイスをいただけたら、大変助かります。

回答

エピソードは複雑に見えるけど、要は痴漢したいだけだろ。俺から言えるのは我慢しろということだけだな。この本は痴漢のススメじゃなくて、俳句のススメだからな。まあでも、救いがあるとすれば、ゆうたろうはいろんな子とセックスしたいんだろ。俺だって二三歳のころは、歩く生殖器と呼ばれていたもんだ。

いきなり抱きついたり触ったりしないで、声をかけるぐらいなら大丈夫（だと思う）。気になる女がいたら声をかけるのが、男のマナーだ。ばんばんナンパしろ。今の彼女も悩みを読む限り、お前のアクセサリー程度の存在だな。彼女のことなんか言い訳にしないで好きにやればいい。

どうしても電車にこだわるなら、満員電車のときに、目でナンパしろ。俺はこの方法ですぐチューしちゃうぞ。怒られても責任とれないけど。まあ基本はストリートにある。女に声をかければナンパだが、自然に声をかければ俳句だ。これを吟行《ぎんこう》という。

俺の目を見ろ台風が叫びたる　翼

この句は「俺の目を見ろ／台風が／叫びたる」と読む。七・五・五音だ。自分なりのリズムがあれば、五七五ではなくていい。五七五の枠を越えて、言葉がつながることを「句《く》跨《また》り」という。単純に五音のところが、六音以上になったりすることを「字余り」、四音以下になることを「字足らず」という。もっとも、上手い人に声を出して読んでもらえると、六音でも四音でも五音に聞こえるものさ。よく俳句の入門書には、中八《なかはち》はダメとか書いてあるが、そんなことは気にするな。大事なのは自分のリズムだ。気持ちよく声に出して詠めるようになる方がいい。ちなみに「俺の目を見ろ」は北島三郎先生の『兄弟仁義』の有名な一節だ。演歌はサンプリングの宝庫なのでオススメだ。Ｊポップなんか聞くなよ。

吊革の白さが垂れて敗戦忌　翼

通勤や通学で毎日見かける何でもないものも素材になる。俺は電車の中では吊革が一番面白いと思う。みんなアレに吊るされている内にダメになっていく。働くってのはスローな自殺なんだよ。輪っかが小さいから首を吊らないだけで、輪っかを大きくしたらどんどん首吊るよ。物を俳句に詠むときは本来の使い道以外の側面を詠むといい。吊革は摑むものではなく、吊るされた人間だ。敗戦忌はすこしイメージが近すぎるか。二つのイメージをぶつけるのを二物衝撃という。映画のモンタージュがもとになっている。あとで詳しく説明する。

童貞や西日があたつてゐるティッシュ　翼

童貞喪失をそのまま詠んでみた。お前もあの時の感動を覚えているだろ。頼み込んだというのがいいね。素直にお願いすれば、ほとんどの女がやらせてくれるよ。駆け引きなんかくだらないからやめておけ。対象に素直にぶつかっていくのは、俳句のコツでもある。ちなみに「や」は切れ字といって感動を表す。松尾芭蕉は四八字皆切れ字なんていってるけど、とりあえず「や」と「かな」だけ覚えておけばいい。感動したら「や」。やらせろの「や」だ。い「や」と言われたら諦めなきゃいけないけど。

西日は夏の終わり頃の、夕方の日差しだ。どことなく喪失感があるだろ。これを女の方から見ると「うしなひしものをおもへり花ぐもり」となる。日野草城が初夜を詠んだ時の句だ。俺の句の方が断然いいな。セックスを詠むときは、枕とかティッシュとか、小道具を詠むといい。コンドームだっていいけど、俺はつけないからな（笑）。いいセックス俳句ができたらまた送ってくれ。

悩み4「難病生活、死との向き合い方は」（菊池洋勝／四七歳／男／無職／栃木県在住）

筋ジストロフィーで人工呼吸器を着けて在宅療養している。僕が生まれた七〇年代には寿命は二〇年と言われていたが、今は呼吸器や痰を引く吸引器等医療機器の進歩と家庭への普及で延命され在宅療養できるようになった。物心ついた頃から二〇歳でシぬと言われていたから思春期には自暴自棄になり不真面目に生きていたし、子供心にシは一生の宿題で死神も隣にいた。実際は二〇歳でシなず生き恥を晒している。僕がシねば親も重症者の介護生活から解放される、それが僕の唯一の親孝行と思っていたのに後期高齢者の親の世話になり老障介護の毎日。そして子供の時よりシが怖ろしい。シの向き合い方が今の悩みだ。

回答

俺の句友、洋勝からのお悩みか。死ぬタイミングは難しい。俺も早死にに憧れていたが、もう四〇歳になってしまった。いま死んだら一番つまらない。人間は早死にするか、長生きするかだ。洋勝ももう四七歳になったのか。だったらあとは長生きするしかないな。みんなが医療器具を使うようになったら、俺の方がベテランだと自慢してやればいい。

話を元に戻すと俺だって死は恐ろしい。だんだん死が身近になってきて余計にそう感じるよ。最近も同級生が癌で死んじまった。若い内は転移も早いんだって。入院するって言ってから二ヶ月でアウトさ。逆にいえばいつ死ぬかわからないから死はエキサイティングなんだ。朝起きて、飯食って、オナニーして寝るだけの決まりきった毎日で、唯一予想がつかないのが死だ。人生は不可解なことこそ面白い。藤村操は「人生は不可解なり」と言い残して死んだが、だから面白いのにね。賢過ぎる奴はかわいそうだね。わからないならわかるまで勉強しろよ。だいたい自殺は駄目だ。簡単過ぎて真面目に生きている奴に失礼だ。死ねば解決するっていうけどその通りなんだよ。死んだら何でもチャラになっちゃう。でもね、人生なんて嫌なことが八割以上だ。せっかく貯まった苦労ポイントを使わずに死ぬのはもったいない。たとえポイントが使えないまま過ごしていても、苦労は顔に出る。男は顔だ。女以上に顔だ。年をとるとは己の顔に責任を持つことである。そういう意味でも自殺は駄目だな。常に何か責任を負って生きることに意味がある。かわいい子には旅をさせよというが、人生は一生苦労を背負っていく旅である。なんて俺もよく死にたいとツイートするけどね。
楽な人生なんて暇なだけだよ。洋勝は人の何倍も大変だと思うけど、詩人にはそれがチャンスだ。

呼吸器と同じコンセントに聖樹　洋勝

この自虐性、この心の強さ。洋勝はわかってるじゃん。この句は俺には絶対にできない。エロサイトばかり見てないでちゃんと俳句作りなさい。とはいえ、エロはタナトス（死）とセットだからな。いつも死について考えている真摯さは哀しいほど伝わってくるよ。

風生と死の話して涼しさよ　高浜虚子

万緑や死は一弾を以て足る　上田五千石

モナリザに仮死いつまでも金亀子　西東三鬼

月光にいのち死にゆくひとと寝る　橋本多佳子

すました虚子、鬱で死にたがってた五千石、死んだふりの三鬼、ロマンチックな多佳子。死を詠うと、作者のキャラがモロに出る。たまたま思い出した句を挙げてみたが、面白いね。「死と俳句」だけで論文が書けそうだ。ちなみに俺の句は

是政を死地と決めたる懐手　翼（『時の瘡蓋』より）

ちなみに是政は多摩川競艇場のあるところ。そこで云々ってもう説明はいいか。うーん、イメージだけの死のつまらないことよ。自殺者が増えたという句も作ったけど忘れてしまった。

死にたいはいいけどまづは汗拭けよ　翼

会話だってそのまま句になる。俺が言ったのか、言われたのか。とにかく死にたいはツイッターだけにしておけよ。

悩み5「褒められる俳句が作りたい」（カイオン／四七歳／男／介護職員／滋賀県在住）

俳句を最近始めました。もともと射幸心の強い性格で一等賞をとりたい、とか新聞俳壇に載りたいと欲するあまり、選者に採ってもらえそうな、受けそうな句を詠もうとしがちです。でも松尾芭蕉とか俳句の達人は、軽く、飄々と読むことをモットーにしていて歴史に残る名句には受け狙いのような卑屈なところは感じられません。そういう境地を目指したいと思うんですが、ついつい褒められたい、とか優秀だと周りに認めさせたいという色気が勝ってしまいます。自分の浅ましさにウンザリします。どうすれば自意識過剰というか、自愛の念をおさめられるでしょうか。

回答

一回ぼろぼろに酷評されるといい。賞に出しても、受賞できないのは審査員が駄目だと思っているだろ。でもな、それはわかっていないんじゃなくて、わかっているから落とされてるんだよ。自分の句は、自分以上に他人の方がわかっているもんだ。よっぽどひどい審査員じゃなきゃ、カイオンの狙いぐらいはバレバレだよ。

俺も若い頃は自意識過剰で、周りは全部馬鹿だと思っていた（今も思ってるけどね）。始めたところはいくらでも俳句ができるし、自分の句が一番巧いと自惚れるものだ。自惚れることができるのは才能だ。大いに自惚れて失敗することだ。自惚れがない奴は上達しない。

厳しいことを言ったけど、俳句には技術がある。定型詩の宿命だ。たった十七文字で表現しなきゃいけないのに、でたらめに言葉を並べてうまくいくか。まあいくこともあるけど、これも定型詩の宿命。俺は俳句の上達のステップは、一年、五年、五〇年だと思っている。基本的なルールを覚えるのが一年、句の良し悪しがわかるようになるのが五年、そして名人になるのに五〇年だ。俺は昼も夜も俳句をやり続けて三〇年だから、実質六〇年だ。まあ焦らずかつサボらずに精進することだな。

具体的には、歳時記を読むのがいい。いろいろな種類があるので、解説よりも例句の傾向が自分に合うものを選ぶのがコツだ。季語を覚えると句のアレンジが増える。仮に今のカイオンの心境を「なぜにこの句が選ばれぬ」としようか。

桜散るなぜにこの句が選ばれぬ

入梅やなぜにこの句が選ばれぬ

龍田姫なぜにこの句が選ばれぬ

クリスマスなぜにこの句が選ばれぬ

春から冬まで、それぞれ一句ずつ作ってみた。春は桜が散る敗北感を、夏は梅雨の苦悩を、秋は神様の名を配し神に祈る心境を、冬はクリスマスに選ばれないさみしさをそれぞれ強調した。いまは覚えなくてもいいが、季語は更に細かく「時候」「天文」「地理」「生活（人事）」「行事（宗教）」「動物」「生物」に分類される。前掲の四句もそれぞれ違うので確かめて欲しい。

季語に、それ以外のことを組み合わせるのを「取り合わせ」という。前出の「二物衝撃」も同じことだ。特別に名称がついているのは、もともと俳句が「季題」を詠むものだとされていた名残だと思う。わかりやすい一つの俳句の型として覚えておけば問題ないだろう。「切れ」と合わせて、鑑賞でも必要な知識だ。

ちなみにテレビでもすっかり有名になった夏井いつきさんが提唱する「五文字の季語＋一二文字」はこのことだ。俳句甲子園の盛り上がりを見ても有効な手段だったのだと思う。

○○○○○なぜにこの句が選ばれぬ

この句はカイオンに差し上げよう。好きな季語を入れて練習してくれ。

一番になりたしラジオ体操も　翼

ラジオ体操は歳時記には載っていないが、誰もが夏の行事と思うだろう。歳時記を勧めておきながら、歳時記にない季語を使うあたりが俺のいいところだ。大事なのは季語よりも季感だ。季節感があれば、俺的にはOKだ。認めない奴は俺が認めない。チャレンジを阻む奴は俺が消してやる。

この句のポイントは、勝敗がないラジオ体操に一番と付けたところ。一番朝早く行ってもいいし、一番大きな声を出してもいいし、一番回数を多く通ってもいい。何にだって一番はあるんだよ。句だって賞に選ばれなくても、「一番」俺に褒められればいい。

名人の句をなぞりたる夜の秋　翼

飄々としているようで駄目な句だな。作為がばればれ。俺だって毎回いい句を作れるとは限らない。ってカイオンのためにわざと駄目な句にしてるんだからな。まずは沢山作ること、作れば技術はついてくる。

ちなみに夜の秋は、夜だけ秋めいてくるという夏の季語。「夜の秋」と「秋の夜」は別物なんだ。こういう小さなことを面白がれればすぐに上達するよ。あと、よく話題になるのは「竹の春」と「竹の秋」。竹は春に散るので、「竹の秋」が春で「竹の春」が秋。ややこしいだろ。

悩み6「年相応になるべきでしょうか」（白髪無《しらんがね》／七一歳／女／主婦／愛知県在住）

年齢に相応しくない生き方をしているんじゃないかと思うようになりました。今までは抵抗なく過ごしてまいりましたが、体のあちこちに歪が生じるようになったのが原因かと思っています。外見も若く言動にも稚拙さが表れているからでしょう、実年齢よりはるかに若く思われているようです。「遠目若く近づいたらババアだった」と思われてるかもしれない、そうだったら恥ずかしいと最近思うようになりました。それにはまず形から入って自己改革をする。三〇年間白髪を染めていましたが、この際白髪を前面に出したら良いのではないかと思うようになりました。翼先生、私は自意識過剰なのでしょうか？

回答

相応って何に対して相応なんだい。常識なんてみんな嘘だ。あんなのは一部の有力者が、被差別集団を納得させるために作った言い訳でしかない。みんな幸せな国で三万人近くが自殺するかよ。警察庁のデータでは自殺者が近年減っているように見えるが、もともとの人口が減ったのと、原因不明の死が増えただけで、自殺者の割合は減っていないはずだ。

みんな他人の視線を気にし過ぎなんだよ。はっきり言おう。他人の視線はどうでもいい。特に、マスコミが作り上げた世の中に関しては、全部疑ってかかった方がいい。本当に北朝鮮が悪いのかよ、アメリカは正義なのかよ。脱線するが、俺はグレーゾーンが大事だと思っている。さまざまな悪習も、被害者には悪いが世の中を円滑にする上では必要なものがあると思う。悪習なんて、理由はないんだ。ただのこだわりだ。つまらないこだわりのために割を食う人がいたっていいじゃないか。土俵に女が上ったらいけないといったらいけないんだよ。理由なんかない。そういうものなんだ。だいたい女を土俵にあげて何になるんだ。まああんまり女性差別っぽいことをいうと怒られるからこのくらいにしておくけど、ポリコレなんて弱い奴の発想だ。常に「正しい」ことがないと不安で生きてられないんだろうなあ。もっと自信を持てよ。自信を持つとは自身を持つことである。己に責任を持てばたいていの悩みは解決するぜ。

その点、俳句は自分を信じる練習に持ってこいだ。だって十七文字しかないだろ。言いたいことを我慢して、ギリギリの表現で勝負する。言い訳のできない言葉の斬り合いだ。

ぐずぐず言い訳を考えている奴は刀が相手まで届かない。最短最速、これが奥義。

染める染めないは似合っているかどうかだけだ。自分でどちらが自分らしいのか判断して選べばいい。好きな人の意見は聞いてもいいぞ。常識よりも自分の信頼できる人の意見を大事にするべきだな。あとは、自分で年を認めると一気に老けるから、加齢にはできるだけ抵抗した方がいい。俺も四〇歳になったとき、老けたと言い過ぎて本当に老けてしまった。要注意。そんな白髪無には加齢に抗う俳句を贈ろう。


キャミソールアイツのことは知らんがね　翼

キャミソールも歳時記に載ってないが、誰がどう見ても夏だろう。季語云々の前にこういう新しい言葉を入れると知らないと怒る老人もいるようですが、そんな人たちには近づくのはやめましょう。困ったら若い奴の言うことに合わせる。これが芸術のジョーシキです。ファッションはまさに季節のことなので、俳人もファッションには敏感になるべきだな。いかに無頓着な俳人の多いことか。これじゃあ、若い子が俳句に興味を持つはずがないよな。

知らんがねはそのままお名前をいただきました。「がね」は愛知の方の方言なのかな。やり過ぎるとわからなくなるけど、方言を詠み込むのも有効なテクニックの一つ。

ジョナゴールド吉幾三の津軽弁　ゆなな子（『アウトロー俳句』より）

これは方言を直接詠み込んだ句ではないが、「じょな」って確かに津軽弁にありそうだよなあと大爆笑。吉幾三がじょな、じょなって迫って来る感じがするだろ。要するに俳句は何でもアリ。ちなみにジョナゴールドは六音だけど、五音に聞こえるように一気に読む。字余り、字足らずはあまり気にしなくていい。音符にいくつもの歌詞がつくように、五音の「量」に納まれば問題ない。音数よりも音量だ。音数を合わせるよりもまずは言いたいことをきちんと書くことが一番。

天高し週に一回髪染めて　翼

白髪染めを肯定的に詠んでみた。白髪なんてわざわざ書くことはない。髪染めるだけで充分だ。ちょっとでも白くなったらすぐに染める。カッコイイじゃん。けちけち染めても駄目だ。さわやかな秋空の下、毎日新しい気分で外出するのだ。これはもうおシャレだよ。老いを隠す否定的な雰囲気はない。何でも気分の問題、気分の。

二十年歳の変はらぬサングラス　翼

あとはちょっと顔を隠せば年齢なんてばれないものさ（笑）。お互い若いままでいようぜえ。

悩み7「幸せな人生、もうひと花咲かせるべき?」（壁の花／六九歳／女／主婦／岐阜県在住）

一番好きだった人と結婚し一男一女、二人の孫に恵まれ、これ以上の幸せはないと思いつつ暮らしています。波乱に満ちた人生を無我夢中に生きほっとしたのでしょう、死後のことを考えるようになりました。無駄に気を遣い過ぎるくせに我儘で人を振り廻しているようです。これに疲れ一人になりたいと思う気持ちが強くなりました。残り少ない人生をこのままで過ごすか、もうひと花咲かせるかどちらがよろしいでしょうか?

回答

一人になりたいというよりもかまって欲しいだけじゃん。まわりの反応が鈍いので飽き飽きしているんじゃないの。幸せに限りはないからな、気持ちはわかるけど。ひと花咲かすというよりは、今の生活を壊さない程度にやりたいことを見つける方がいいと思う。こちらが楽しそうにしていれば、自然にまわりも盛り上がってくる。今まで人任せだったことを自分から率先してやるようになれば、環境も変わってくるよ。って真面目な人生相談になっちゃったな。幸せは俳句になりづらいけど、こんなのはどうだ。

炬燵から出ずに何でも手に入る　翼

自堕落な感じを入れつつ幸せを表現してみた。良いことを詠むときは、少し皮肉を混ぜた方が効果的。他人の幸せなんて誰も興味ないからね。

幸せを疑つてゐるお年玉　翼

さらに厭味な感じを出してみた。家族は血の繋がった他人というのが俺の考え方。必要以上に親しくする必要はない。ちなみに、殺人事件の半数以上が身内の犯行らしい。仲良くしなければいけないという同調圧力に耐えられなくなるんだろうな。下五はお正月ぐらいでもいいかも。初日の出がいいか。お年玉とか俗っぽい言葉は、川柳に近づくので要注意。補足すると、他人を詠むのが川柳、自分を詠むのが俳句というのが俺の定義だ。特に笑いに関しては顕著に現れると思うがどうだろう。季語の有る無しは関係ない。

ラグビーを見に行くバスを乗り継いで　翼

新しい趣味としては、ラグビーなんかどうだ。野球とかサッカーじゃ当たり前過ぎるし、突然ラグビーを見始めたらカッコイイと思うぞ。ルールがわからない内は、相撲でも見るつもりで見ればいい。趣味とは人がやらないことに興味を持つことだ。

第五講

俺を変えた魂の二五句

ふと目の前をいい女が通りかかったとしよう。もう一度会いたいなと思う。いつかは抱きたいなと思うだろ。いい句もそれと一緒だ。なんとなく憶えてしまって、もう一度読みたくなる句がいい句だ。それ以上のことはない。いい女に理由がないように、いい句には理由がない。「いい」という価値は絶対だ。見た目以外で女に惚れることなんかあるかよ。俳句の見た目は立ち姿という。句の立ち姿がいい句が名句だ。性格なんぞわかったって嫌いになるだけだ。そもそも男と女は気が合わないから別の生きモンになっていることを忘れてはならない。俺が最初に惚れた句は

石に腰を、墓であつたか　種田山頭火

だ。疲れて寄り掛かったら、墓だっていうんだぜ。最高にロックだろ。いま思えば当初にして、屍派を名乗ることが予見されていたんだな。

女で男が変わるように、惚れた句で俳句は変わる。老人臭いしょぼくれた俳句なんて、エネルギーを吸い取られるだけだぜ。そんなもん破いて捨てちまいな。

今から俺の頭をひっぱたいてくれた飛び切りのいい女を紹介しよう。中にはとんでもねえアバズレもいるが、それがまた「いい」んだよ。

いい女はみんなのものだ。美味しいものはみんなで食べなさいって教わっただろ。

閑さや岩にしみ入る蝉の声　松尾芭蕉

神経症の句である。聴覚が過敏になって、音が消えてゆく音を聞いているのである。この上五の切れ字の威力がハンパない。この蝉が何蝉だとか研究している人もいるようだが、そんなことよりも当時の芭蕉の精神状態を調べた方がいいと思う。この緊張感は常人のそれではない。芭蕉忍者説も一時話題になったが、芭蕉は精神疾患だったというのが俺の説である。「古池や蛙飛び込む水の音」もアッパー系、「荒海や佐渡によこたふ天の川」がリラックスしているときのダウナー系の句だ。

まつお・ばしょう（一六四四〜一六九四）
伊賀出身、江戸前期の俳人。藤堂良忠に仕えて俳諧を学び、京都で北村季吟に師事。江戸に下り、俳諧に高い文芸性を加えた蕉風を確立。各地を旅して発句や紀行文を残し、旅先の大坂で病没。句の多くは『俳諧七部集』に収められている。紀行に『野ざらし紀行』『笈の小文』『更科紀行』『奥の細道』、日記に『嵯峨日記』など。

生きかはり死にかはりして打つ田かな　村上鬼城

まさに労働地獄。今も昔も労働の実態なんてそう変わりはない。一生、土にまみれて生きる農家の覚悟ともとれるが、覚悟なんて自分を騙すためだけの言葉である。まあ潔しと思うべきなのだろうけど。こういう句を好きかどうかで、その人の資質がわかる気がする。

取り上げたのは、ほかでもない、自己紹介でよく使う句だからである。実は、この句に俺の本名が入っていたりする。いやな名前に生まれたなあ。

むらかみ・きじょう（一八六五〜一九三八）
江戸生まれ。一八九五年に正岡子規に新俳句について教えを請うたことがきっかけで句作をはじめる。子規・高浜虚子に師事し、渡辺水巴・飯田蛇笏・前田普羅らと並んで「ホトトギス」における代表的俳人として活躍した。『鬼城句集』『鬼城俳句俳論集』など。

墓のうらに廻る　尾崎放哉

墓は小さくて汚い方がいい。元気なまま死んでいく人などいないのだから。死ぬ寸前の当人を体現している墓には愛がある。もっとも大きくて立派な墓は、死ぬまで尊大で嫌な奴だったんだろうなと思う。この句の墓はもちろん小さな墓だ。裏側が見えてしまうほど、小さな墓だから裏側が気になるのだろう。木の杭が立っているだけの墓だったら最高だ。ついつい裏側が気になってしまう人間の本能を詠んだ句との解釈も見かけるが、墓の小ささに主眼があると思いたい。「墓のうら」というフレーズも素晴らしい。

おざき・ほうさい（一八八五〜一九二六）
鳥取県生まれ。中学時代に句作をはじめ、一九一六年に荻原井泉水の俳句雑誌「層雲」に参加。東京帝国大学法学部卒業後は保険会社の要職につくが、一九二三年に社会も家庭も放棄し、無所有を信条とする修練施設一燈園に入所。波乱に富んだ生活の中で、独自の自由律の句境を確立した。句集に『大空』がある。

水着脱ぐにも音楽の要る若者達　横山白虹

リズム感が最悪ながら、なぜか頭に残ってしまう不思議な俳句。おっさんの説教調なのが、じわじわと面白くなるのかなあ。いまだに魅力がわからないが、海の家にいると何故かこの句が頭に浮かんでくる。いつの世も、音楽は若者の憧れだ。ラジカセ、ＣＤ、ＭＰ３と機材は変わっても、若者達の遊びの場にはいつも音楽が流れている。音楽の趣味がその人の資質を表すといってもいい。「要る」という表現は決して言い過ぎではないと思う。

よこやま・はっこう（一八八九～一九八三）
東京府生まれ。中学時代から句作をはじめ、大学で九大俳句会を設立。一九二七年より「天の川」編集長となり、新興俳句運動の推進に努める。一九三七年「自鳴鐘」を創刊主宰。同誌は戦時の用紙統制令によって休刊するが、戦後「自鳴鐘」として復刊した。一九四八年に現代俳句協会会長となる。句集に『海堡』など。

夢の世に葱を作りて寂しさよ　永田耕衣

こちらは「寂しさ」そのものを観念的にとらえた句。「寂しさ」とは、夢で葱を作ることだという。うーん、深いね。「葷酒《くんしゅ》山門に入るを許さず」のたとえの通り、葱を心を清める邪魔なものというとらえ方もあるが、ここは素直に葱そのものの白くて細長いぼーっとした存在感を思いたい。俺には「葱」の寂しさがぴんと来る。俳句には正解はない。夢で何を作ったら一番寂しいのか。個人個人で考えてみるのも面白い。葱よりすごいものが見つかれば、お前は永田耕衣よりも面白い。大家の作であれ、疑ってかかることが肝要。

ながた・こうい（一九〇〇～一九九七）
兵庫県生まれ。県立工業学校機械科在学中に句作をはじめる。三菱製紙高砂工場に就職し、作業中の事故で右手指の自由を失い、終生ほとんど左手のみを使って過ごした。「鶴」「天狼」同人などを経て、「琴座」を創刊。東洋的無の立場から根源俳句を提唱、禅的な俳味をたたえた哲学的な句風を確立する。句集に『驢鳴集』『吹毛集』など。

大寒や転びて諸手つく悲しさ　西東三鬼

この句は「諸手」の「もろ」がたまらなくイイ。両手じゃ全然ダメだ。諸手だからイイんだよなあ。だって「もろ」だよ。「もろ」。もろだしの「もろ」、もろぼしだんの「もろ」、意識が朦朧の「もろ」（ちょっと違うけどまあいい）。こんなに愛くるしい言葉はあるまい。そんで何をしたかというと、超寒い日にすっ転んだという。スッテンコロリン。ああ、なんたる悲しさ。さんざんおどけておいて、最後に悲しさをもってくるあたりがズルいですわよ、三鬼パイセン！この人も悲しさをよくわかっている。

さいとう・さんき（一九〇〇〜一九六二）
岡山県生まれ。一九三三年、歯科医として勤めるかたわら句作をはじめ、新興俳句運動に参加。一九四〇年、新興俳句のモダニズムを伝統破壊・危険思想とみる特高警察の俳句弾圧によって検挙され、執筆を禁じられた（京大俳句事件）。戦後は「天狼」「雷光」などへの参加を経て「断崖」を主宰。句集に『旗』『夜の桃』など。

女房は下町育ち祭好き　高浜年尾

この作者は、高浜虚子の息子。つまり大ホトトギス帝国の二代目の大将。想像もつかないようなプレッシャーの中で作品を発表していたはずである。ところがこの句の痴呆的なまでにおだやかなことよ。蚊が止まるよりも何にもない無風の句。俺たちの目指すこてこてにドラマを盛り込んだ句と真逆である。ところがこの句、一度読んでしまうと二度と忘れることができないし、繰り返し読んでいるとなんだかハッピーな気分になってくる。これが悟りの境地なのかもしれない。

たかはま・としお（一九〇〇〜一九七九）
東京府生まれ。俳人・高浜虚子の長男。「年尾」の名は正岡子規が命名した。中学時代、父の句会の手伝いのかたわら「ホトトギス」への投句をはじめる。一時会社につとめたのち俳句に専念し、関西俳壇の中心として活躍。虚子から俳誌「ホトトギス」を継承して主宰。著書に『年尾句集』『俳諧手引』など。

妻抱かな春昼の砂利踏みて帰る　中村草田男

赤裸々である。そして必死だ。それでいてうらやましくもなんともない。こんな妻恋の句は唯一無二であろう。英訳すれば「I must make love（私はセックスをしなければならない）」だよ。いったいなんの強制力が働いているのであろうか。砂利を踏む音もあせっているようで、余計にこちらからは声をかけづらくなる。こういう自分本位の句を見ると天才だなーと感服する。ちなみに草田男は自分たち夫婦を本当にアダムとイブだと思っていたフシがある。

なかむら・くさたお（一九〇一～一九八三）
中国福建省生まれ。東京帝国大学独文科入学後、一九二九年に高浜虚子に入門。新興俳句に対して批判的立場をとった。のちに「ホトトギス」同人となり、石田波郷、加藤楸邨とともに人間探究派と呼ばれた。一九四六年に「萬緑」を創刊。句集に『長子』『銀河依然』『美田』など。

海に出て木枯帰るところなし　山口誓子

池西言水の「木枯の果てはありけり海の音」のパクリだとか、木枯が何の比喩かわからないとか雑音が多い句だが、俺が好きなんだからいい句だ。「帰るところなし」がカッコいいじゃないか。キラーワードだ。木枯だけじゃなくて、一度旅立ったらみんな帰るところなんかないんだよ。サラリーマンも囚人も特攻隊もみな同じだ。そもそも帰りたがっている奴なんて、どこへも行けない。人生は過去を捨てる旅である。俺は高校の卒業時に今井聖からこの句を送られた。あきらかに特攻隊を意識していたと思う。

やまぐち・せいし（一九〇一〜一九九四）
京都府生まれ。小学時代に句作をはじめる。一九二〇年、京大三高俳句会で鈴鹿野風呂、日野草城の指導を受け、「ホトトギス」に投句。のちに水原秋桜子の「馬酔木」に参加、新興俳句運動に貢献した。一九四八年「天狼」を創刊主宰。句集に『炎昼』『晩刻』『和服』のほか、随筆集『俳句諸論』など。

うごけば、寒い　　橋本夢道

新興俳句事件で逮捕されたときの一句。動くと言っても、走り回るわけではなく、狭い獄中でせいぜい軽く体を揺り動かすだけだ。じっとしていた方がまだあたたかい気がする壮絶な寒さ。当時の刑務所は、うすっぺらい毛布しか与えられなかったのだろう。寒さが心身を切り刻んでゆく。
思いきり短律に見えるが、「寒い」のあとに無限の悔恨がある。夏に作った「からだはうちわであおぐ」も切ない。

はしもと・むどう（一九〇三〜一九七四）
徳島県生まれ。一九二三年、荻原井泉水に師事、自由律俳誌「層雲」に投句をはじめる。一九三四年に栗林一石路らと「俳句生活」を創刊したが、俳句弾圧事件により検挙され、二年あまり拘置される。プロレタリア俳句運動の中心人物の一人として活動した。句集に『無礼なる妻』『無類の妻』など。蜜豆の発案者としても知られる。

山ざくら石の寂しさ極まりぬ　加藤楸邨

詩歌とは最終的にはさみしさを詠うものである。何もかも思い通りにならない、有限の命を生きる人間のさみしさ。これ以上のテーマはあるまい。まさにそんなさみしさの究極がこの句にはある。山奥に放置された石。人間の孤独よりもさらに深い永遠の孤独だ。まだ春浅い山桜の頃に、冷え冷えと残された石は何を思うのであろうか。楸邨はエネルギッシュな動的な句が多いが、この静けさもハンパない。数ある楸邨の愛唱句の中でこの句が圧倒的に好きだ。山桜も渋いなあ。

かとう・しゅうそん（一九〇五〜一九九三）
東京府生まれ。東京高等師範学校第一臨時教員養成所国語漢文科卒。水原秋桜子に師事し「馬酔木」に参加するも、作風の違いから「難解」と指摘を受けるようになり、離脱を余儀なくされる。のちに「寒雷」を創刊主宰。句集『寒雷』『まぼろしの鹿』など。松尾芭蕉の研究でも知られ、著書に『芭蕉秀句』『ひぐらし硯』がある。

死なうかと囁かれしは蛍の夜　鈴木真砂女

とある真面目な先輩に「本当はしようかと囁かれたのではないか」と助言され、急に好きになった一句。俳句では珍しいが、歌謡曲では替え歌を憶えてしまい、替え歌の方が好きになることはよくあることだ。セックスで「イク」ことと死んで「逝く」ことは同義だ。切腹と自慰の芝居は似てくるとどこかで読んだこともある。「しよう」というのは直接的なように見えて、何をするのか言わないあたりが控えめで切なさもあると思うが、真砂女さんはどう思うだろうか。苦笑いだったら俺達の解釈もまんざらではなさそうだ。

すずき・まさじょ（一九〇六〜二〇〇三）
千葉県生まれ。姉の遺稿を整理するうちに俳句に興味をもち、大場白水郎の「春蘭」を経て、久保田万太郎の「春燈」に入門。万太郎死後は安住敦に師事した。句集に『生簀籠』『卯浪』など。銀座の小料理屋「卯波」店主でもあり、恋の句を多く残した女性俳人として瀬戸内寂聴『いよよ華やぐ』などの小説のモデルとなった。

綿虫やそこは屍の出でゆく門　石田波郷

療養中の一句。病床から死体の搬出門が見えるのだろう。何日かに一回、そこを通っていく死体。もしかしたらもっと頻度が多いのかも知れない。自分は生きて帰ることができるのだろうか。門を見るたびにああ、あそこは死者の通り道だと自分に言い聞かすような書き方が切ない。自分への励ましでもあるし、先に逝った仲間たちへの追悼の思いもある。綿虫もいいなあ。暗くも明るくもない真っ白な無の世界。つめたい肌触りだけが読後に残る。

いしだ・はきょう（一九一三〜一九六九）
愛媛県生まれ。明治大学文芸科中退。一九二八年に句作をはじめ、郷里の俳人五十崎古郷に師事するが、上京後は水原秋桜子の指導のもと「馬酔木」同人となる。のちに「鶴」を主宰。『定本石田波郷全集』は第六回読売文学賞を受賞、朝日新聞俳句欄選者となるなど俳壇の中心的存在として活躍した。句集に『鶴の眼』『風切』『惜命』など。

枯るる貧しさ厠に妻の尿きこゆ　森澄雄

これぞリアルの極地。寒々としたあばら家のワンシーンを完璧に切り取っている。食料も会話もない枯れた静寂の中を、ちょろちょろと聞こえる妻の尿《しと》。寒々とした空気の中で、している方だけでなく聞いている方にも尿の温度が伝わってくる命の音である。俺は吐いている女を見ると興奮するが、排泄物を共有するというのは愛の根底だろう。作者は後に「除夜の妻白鳥のごと湯浴みをり」なんて句を作るが、この句に比べてなんとつまらないことよ。女なんて白鳥じゃなくてションベンだろ。

もり・すみお（一九一九〜二〇一〇）
兵庫県生まれ。長崎高等商業学校に入学、学内の俳句会「緑風会」に入り、松瀬青々門の野崎比古教授の指導を受ける。九州帝国大学に入り「法文俳句会」を結成、本格的に句作をはじめる。加藤楸邨の主宰誌「寒雷」創刊に参加。戦後に俳誌「杉」を創刊。句集に『雪櫟』『鯉素』『四遠』など。評論家としても知られる。

酒止めようかどの本能と遊ぼうか　金子兜太

共感度ナンバーワンはこの句。二日酔いの朝は必ずこの句を思い出す。もっともこれは、病気で酒を飲めなくなるときの句でもっと深刻だが、酒飲みに深刻さは似合わない。人生のちょっとした悔恨をいとおしむ句だと思いたい。酒だけでなくギャンブルや女も同様。すべての道楽はやめた方がいいのが道理なのはわかっている。とはいえ「本能」なのでそう簡単にやめることができない。「遊ぼう」というあたりが達観していて洒落ているよな。重たい作家だと思われているが兜太の「軽み」を俺は愛する。

かねこ・とうた（一九一九～二〇一八）
埼玉県生まれ。東京帝国大学経済学部卒。高校在学中に句作をはじめ、一九四一年に加藤楸邨に師事。海軍主計将校としてトラック島に赴任。第二次世界大戦後復員、日本銀行に入行。「寒雷」「風」同人を経て一九六二年に「海程」を創刊、戦後俳句革新の旗手のひとりとなる。句集に『少年』『東国抄』など。

蛙けろけろ鉱夫ほら吹き三太の忌　野宮猛夫

「蛙」「けろけろ」「鉱夫」「ほら吹き」すべての単語のテンションの高さ、力強さ。圧倒的な一句である。三太が誰であろうと、俺たちには関係ない。死者に向かって「ほら吹き」と呼びかける親愛の深さよ。蛙たちも面白がってほらばかり吹いている。

「鉱夫ほら吹き三太」は作者が三太につけた戒名である。そんじょそこらの追悼句とはレベルが違う。野卑にして荘厳な立ち姿。これぞ「俳」である。「アッツの照二仔猫をまこと怖がりし」も同様。照二と作者の関係だけで成り立つ我儘な句だ。

のみや・たけお（一九二三〜没年不詳）
北海道生まれ。子供の頃は浜辺の昆布引きに加わり、尋常高等小学校卒業後、鰊船に乗る。鰊の不漁にともない、炭鉱に入る。炭鉱の落盤事故で死線をさまよい、脊椎を痛めたため川崎に出て、ダンプカーの運転に従事。俳句結社「青玄」「寒雷」「道標」に拠り「街」同人となった。句集に『地吹雪』がある。

女陰の中に男ほろびて入りゆけり　堀井春一郎

人は女陰より生まれて女陰に帰っていく。と言われれば一瞬納得してしまうが、帰りたくても帰れないのが女陰だ。一度出てしまったら戻ることのできない穴だからこそ、男はそこに執着する。この句、「ほろびて」が切ない。女にしがみついて早死にした作者にしか表現できない境地だと思う。しがみつくとは決して悪口ではない。究極の愛情とダンディズムだ。突っ込むだけの男根の愚かさをよくわかっている。同作者の「女と落葉踏みゆくここで笑はねば」も女に媚びていて美しい。日本は卑弥呼以来女性上位の国である。

ほりい・しゅんいちろう（一九二七〜一九七六）
東京府生まれ。慶応大学文学部卒。一九三六年、宗久月丈、長谷川かな女に師事、一九四五年より結社「水明」に投句。一九五〇年、「水明」を退き山口誓子主宰の「天狼」に参加。入会後、それ以前の句はすべて捨てたという。秋元不死男の「氷海」「琅玕」にも参加。句集に『教師』『修羅』『曳白』がある。

莨火を樹で消し母校よりはなる　寺山修司

行き過ぎた禁煙ブームに腹が立つ。俺が喫煙を始めたのは三〇歳過ぎてからだが、吸わないころも他人の煙を気にしたことなどなかった。健康なんて馬鹿の幻想だよ。人間、死ぬときは死ぬし、死なない人は死なない。

寺山の莨《たばこ》は、青春の怒り、照れ、哀しさなどのすべての感情を受け止める小道具として完璧だ。煙草反対派は、煙草と同じ演出効果がある道具を提案してみろっていうの。短歌でも寺山は煙草の歌が実にいい。〈煙草くさき国語教師が言うときに明日という語は最もかなし〉。

てらやま・しゅうじ（一九三五〜一九八三）
青森県生まれ。歌人、詩人、劇作家、演出家、映画監督。俳句を中心として文学活動をはじめたのち短歌に転じ、前衛短歌の代表的歌人となる。一九六〇年頃より演劇に移行、「演劇実験室天井桟敷」を結成し，市街劇など実験演劇を試みた。代表作に『毛皮のマリー』映画『田園に死す』など。没後『寺山修司俳句全集』が刊行された。

頬かむりてめぇ松方弘樹だな　渡辺隆夫

わかる人にだけわかればいいと思うが、もったいないので説明しよう。この松方弘樹は遠山の金さん。頬かむりで町人に化けながら、江戸の町をパトロールするお奉行さんである。もちろんテレビの視聴者にはバレバレなのだが、そこは時代劇のご都合主義。悪人どもには正体がわからず、お白洲で証人を出せよぉと悪態をついたところで、目の前の金さんが彫り物をちらつかせ、正体をあらわす。この句はそんなどうでもいい話をうまく茶化していて最高。金さんと言わず、松方というズラシも絶妙である。これにて一件落着。

わたなべ・たかお（一九三七〜二〇一七）
愛媛県生まれ。エンターテイメント川柳の大家として知られた。川柳句集に『宅配の馬』『都鳥』『亀れおん』『セレクション柳人　渡辺隆夫集』『黄泉蛙』『魚命魚辞』『六福神』がある。

新宿ははるかなる墓碑鳥渡る　福永耕二

さほどいい句だとは思わないが、新宿を詠って成功しているのは俺とこの句だけだ。墓碑とはよくぞ言ってくれたと思う。正に屍派を称えるような句じゃないか。新宿には死が似合う。句の実情は千葉方面から見た新宿らしいが（当時はまだ高いビルがなかったので新宿まで見えたらしい）、はるかなるは当然、心や時間の距離感も含んでいる。

流れものばかりが集まる新宿の人たちはみな渡り鳥。どこから来てどこへ消えたのか誰も知らない。ゴジラの下には死体が埋まっている。

ふくなが・こうじ（一九三八～一九八〇）
鹿児島県生まれ。ラ・サール高校在学中より「馬酔木」に投句をはじめ、のちに鹿児島の俳誌「ざぼん」の編集を手がける。純心女子高等学校に教師として赴任したのち、能村登四郎の推薦により上京。一九七〇年、登四郎の俳誌「沖」創刊に参加。「馬酔木」編集長を務める。句集に『鳥語』『踏歌』『散木』がある。

男根担ぎ仏壇峠越えにけり　西川徹郎

西川徹郎はいい意味でキチ○イ。キチ○イなんていい意味に決まってるのに、セコイ世の中になったもんだ。そんなわけでこの句というよりこの作者の句は全部好き。今の俳人に足りない、エロ、グロ、ナンセンスをこれでもかと盛り込んできて痺れる。特に、男根とか舌とか、肉体の比喩が暴力的で素晴らしい。この句は、担ぎの変なリアリティと、「仏壇峠」という単語のセンスがヤバイ。全然関係ないが任侠映画『緋牡丹博徒　鉄火場列伝』のいつも仏壇を持っている流しの博徒「仏壇三次」もシュールで良かった。

にしかわ・てつろう（一九四七〜）
北海道、浄土真宗の寺に生まれる。一九六二年に結社「氷原帯」に入会し、一九六五年に氷原帯新人賞受賞。住職として務めるかたわら、俳人として精力的に活動。「文学としての俳句」を提唱し、自らの作品を「実存俳句」と称する。句集に『瞳孔祭』『家族の肖像』など。出版社書肆茜屋を設立し、個人雑誌「銀河系つうしん」を発行。

乱暴しないで　別の乱暴をして　江里昭彦

どーしよーもないバレ句（卑猥な句）だが、気持ち悪さが後を引く。句意なんてどうでもいい。この「乱暴をして」の台詞のスゴさが堪らない。立川談志晩年の「芝浜」を思い出すなあ。夫をだましていた女が、赦しを乞うために「私をメチャクチャにして」と泣き叫ぶシーンだ。普通〇〇してと言うときは、自分にとって利益のあることを願うものだ。不利益を願うことの恐ろしさ。人間の欲望、特に男女の欲望はここまで露骨に詠まないと真意が伝わらない。もっともこの句は男と男だろうけど。江里さんは俳壇では誰よりも早くBLを実践していたと思う。

えさと・あきひこ（一九五〇〜）
山口県生まれ。京都大学卒。「京大俳句」編集長、同人誌「日曜日」を経て「未定」「鬣」同人。ニューウェイブの旗手として俳句・評論の両面で活躍。一九九七年、第一六回現代俳句評論賞受賞。二〇一二年、オウム真理教元幹部の中川智正死刑囚と同人誌「ジャム・セッション」を創刊。句集に『ラディカル・マザー・コンプレックス』など。

全人類を罵倒し赤き毛皮行く　柴田千晶

スカッとする句だ。ぐずぐずした世の中にカツをいれるべく闊歩する赤い毛皮。この毛皮の主は、もちろん妙齢の女だろう。セクハラやらジェンダーやら日本で一番「生き難い」はずの女が、逆境を事も無げに生き抜く様に感嘆する。何度も言うが俺は女性上位こそ日本のあるべき姿だと思っている。作者は詩人でもあり「街」の句友でもある柴田千晶。彼女の描く女はきちんと戦っているし、彼女もいつも「女」の十字架と戦っている。少女でも老婆でもなく「女」だ。

しばた・ちあき（一九六〇〜）
一九六〇年、神奈川県生まれ。詩人、俳人、漫画原作者。旧筆名は柴田千秋。日本工学院専門学校デザイン科卒。一九八八年、投稿により第五回ラ・メール新人賞を受賞。一九九七年より俳句結社「街」に入会し、今井聖に師事。「街」同人。句集に『赤き毛皮』、漫画原作に『女傑』など。

草の実や女子とふつうに話せない　越智友亮

　この句は「女子」という言葉の甘酸っぱさに尽きる。あー、いいなあ、懐かしい。「女」という語は、一日に一〇〇回以上目にしたり使ったりするが、「女子」というのは、小学生以来口にしていないと思う。「じょし」という硬い響きが、性的に未開な緊張感を想像させこそばゆい。こんなに違和感のある変な単語は他にないと思う。こんな語をしれっと俳句に詠み込むとは作者の言語センスにただただ感服する。とはいえ「女子」という単語以外は何もない俳句である。

おち・ゆうすけ（一九九一〜）
広島県生まれ。甲南中学校在籍時に俳句甲子園に興味をもち、俳句を書き始める。第三回鬼貫青春俳句大賞。池田澄子に師事。社会人一年目に俳句をやめたが、二〇一五年、再び書き始める。「鏡」所属。共著に『新撰21』『天の川銀河発電所 Born after 1968』がある。

電柱に嘔吐三寒四温かな　北大路翼

俺の開眼の一句は〈太陽にぶん殴られてあつたけえ〉だと思っているが、もっとも俺らしいのはこの句だろう。最初の句集は『天使の涎』ではなく、単純に『嘔吐』にしようと思っていた。

七年前に俺は歌舞伎町に毎晩出没し、毎朝吐いた。野良犬がションベンでマーキングするように、俺はゲロで自分の存在を刻もうと思った。冬は寒さがきつかった。春になるとすこしずつあたたかくなった。俺はここにいてもいいのだと思った。


きたおおじ・つばさ（一九七八〜）

神奈川県生まれ。新宿歌舞伎町俳句一家「屍派」家元。「街」同人。砂の城城主。句集に『天使の涎』（第七回田中裕明賞）、『時の瘡蓋』、共著に『新撰21』『天の川銀河発電所 Born after 1968』。編著に『新宿歌舞伎町俳句一家「屍派」アウトロー俳句』がある。この本の著者。

おわりに――遺言にかえて

いまの日本は、人類が誕生してからもっとも愚かになった。
考えることを放棄し、体裁を取り繕うのみの日々。
そして弱者に対しては「正しい」ことがさも存在するかのように高圧的に振る舞う。
かなしいねえ。
人間ってもっと、いいかげんでやさしいものだっただろう。
「真面目さ」なんて生きる上では、あんまり必要ないんだよ。

俺も人生の折り返しを過ぎた。もう時間がない。
死ぬことばっか考えているよ。
かなしいねえ。
いや、違うな。
死ぬことを考えるのは楽しい。
死ぬのが悲しいだけだ。
でも死ぬのも悪くないか。

四〇歳の記念にやった生前葬は楽しかったもんなあ。
葬式は何度でもやりたいね。

本書は入門書であり、俺の遺書でもある。

自分勝手に生きてきた俺には残すものがない。
金なんてもちろん無いし、愛すべき妻子もいない。
いないんじゃないいな。
照れくさくて要らないフリしてきたんだな。
って何弱気になってんだ。しっかりしろ家元。

でもな、年をとるというのはこういうことなんだ。
自分の弱さと寄り添わないと生きていけなくなるんだよ。

何度でも言おう。本書は俺の遺書である。

俺が残せるのは俳句だけだ。

だったら俺の俳句のすべてをさらけだしてやる。
俳句は人間だ。すくなくとも俺はそう思ってきた。
テクニックなんて数年やればなんとかなる。

俳句は作者そのものなんだよ。
人間を鍛えることが、俳句を鍛えることに他ならない。
鍛えるなんて言うと難しそうだが、要は遊べばいい。
遊んで遊んで遊びまくって蓄えた経験が俳句の財産だ。

断言しよう。面白い奴が面白い俳句を作れるとは限らないが、つまらない奴は面白い俳句を作れない。

だからこの本は「俳句塾」ではなく「俳人塾」だと思って読んでもらえると嬉しい。
俳人養成学校だ。戸塚ヨットスクールだよ。
お前らだけは、いいかげんでやさしい人間であって欲しいと心から願う。

また馬鹿に生まれてきたし柳の芽　翼

＊

本書にあたっては、いろいろな方のお世話になった。カバーは敬愛する宮下あきら先生の絵をお借りした。わが青春のバイブル『魁!!男塾』の田沢である。彼が全身全霊で唱和する「九九八八!!」は少年漫画史上もっとも美しい一コマだと思う。子供のころの夢が叶ったようで、心から喜んでいる。帯は夏井いつき氏にお願いした。俳句甲子園やプレバトでのテレビ進出など、新しい方法で俳句を広めるために尽力する尊敬すべき先達である。ご多忙の中、こころよくお引受け下さり感謝に堪えない。これからも一緒に俳句を盛り上げていければと思う。そして、全般にわたって左右社の筒井菜央君にお世話になった。日本一気分屋の俺を、よくぞ辛抱強く我慢してくれたと思う。彼女がいなければこの本はできなかっただろう。刊行になったらおいしいものでも食べにいこうぜ。ありがとう。そして最後にいつも近くにいてくれる屍派の仲間たちに、笑顔で「バカヤロー」と言いたい。俺も涙もろくなったよネ。

平成三十一年春の立つ日に

北大路翼　きたおおじ・つばさ

一九七八年五月一四日、神奈川県横浜市生まれ。小学五年頃種田山頭火を知り、自由律俳句をマネたモノを作り始める。反抗期に俳句がぴったりと同調。高校在学時、今井聖に出会い俳句誌「街」創刊と同時に入会。童貞喪失を経て詩誌「ERECTION」に参加。二〇一一年、作家・石丸元章と出会い、屍派を結成。二〇一二年、芸術公民館を現代美術家・会田誠から引き継ぎ、「砂の城」と改称。句集に『天使の涎』（第七回田中裕明賞受賞）『時の瘡蓋』、編著に『新宿歌舞伎町俳句一家「屍派」アウトロー俳句』など。ここ数年体調不良が続く。

生き抜くための俳句塾

二〇一九年三月一五日　第一刷発行

著　者　北大路翼
発行者　小柳学
発行所　株式会社左右社
東京都渋谷区渋谷二ー七ー六ー五〇二
TEL 〇三ー三四八六ー六五八三　FAX 〇三ー三四八六ー六五八四
http://www.sayusha.com

装　幀　松田行正＋杉本聖士
装　画　「魁!!男塾」宮下あきら（集英社文庫刊）
写　真　秋澤玲央（五四頁）
コムラマイ（八八頁、一五五頁、プロフィール）
印刷所　創栄図書印刷株式会社

 ISBN978-4-86528-221-4

付録　廃人日記

10月20日（土）

11：00　起床。ノックの音で目が覚める。終電で帰ってきたはずなのに、がっつりと酒が残っている。うるせえなと思いながらドアをあけると宅配便。米五キロ×二袋。いつ頼んだか覚えていない。新米の響きに誘われてついポチったのだろう。無洗米だったのでがっかり。便利なものは嫌いだ。料理ぐらいは時間と手間をかけるべきだと思う。

　すぐ届くことのさみしき今年米

12：30　食事。朝昼兼用だが、この時間だとブランチというより完全にお昼だな。飲んだあとは蕎麦と決めているので、かけにするかもりにするかで悩む。大根がすこし残っていたので、おろして冷しおろし蕎麦にする。大根おろしの万能感よ。

　食後は入浴。起きてからの行動のすべてが酒を抜くための儀式のようだ。最近は熱いお湯が好きだが、昼なのでぬるめの四二度。お湯が溜まるまでは馬券を買う。口座には五〇〇円。入金の最低額が一〇〇円なのでありがたい（ボートは一〇〇〇円から）。こうして最後の一〇〇円までとられてしまう。ちょうどお湯がたまったが、レースが気になるので早風呂。バブが溶け切る前に出る。レースはもちろんはずれ。

シャンプーが切れていたので、買物に行くが食料を買っているうちに買い忘れる。日差しが秋の日差し。オレンジがかっている。

コスモスを倒して秋の日の強し

15：00　なかなか原稿に手がつかないので洗濯。まだ夏のアロハシャツなどが、脱ぎ散らかされている。日当たりの悪いアパートの一階なので、干す場所が限られ洗濯物が溜まりがち。

干し終わってしばらくしたら雨。心が折れて昼寝。

Tシャツを雑巾にして月夜茸

19：00　ゲリラ豪雨の中歌舞伎町へ。駅にはもう酉の市のポスターが貼ってある。今夜はDちゃんとデート。手持ちが一万ちょっとしかないので、飲み放題食べ放題を予約しておく。赤から鍋。鍋の辛さを聞かれとりあえず五と答える。三が普通らしいが、普通ってなんだ。辛さほど曖昧な概念はないと思う。五でもかなり辛い。一〇にしなくてよかった。Dちゃんの生い立ちの話などを初めて聞く。そういえば二人で飲みにくるのも初めてだった。

赤ければだいたい辛い夜食かな

二次会は城へ。新規の客多し。精子の味の話で盛り上がる。酔うて、最近はセックスが怖いと告白。ある程度有名になってからセックスまでみんなに注目されているようで、気楽なセックスができなくなってしまった。ただ女に甘えたいだけなのに。朝まで騒ぐ。

10月21日（日）

11：00　天守閣にて起床。横には哲雄が寝ている。下に下りるとあやちゃんが五木ひろしを爆音で流している。

さはやかに五木ひろしが目をひらく

軽く吐いて帰宅。ズボンの直しができていたので、仕立て屋に寄る。俺の場合はやたらファスナーが壊れる。頻尿のせいかしら。家に帰ると玄関の電気がついていた。昨晩ははやく帰るつもりだったことをうっすら思い出す。

12：45　シャワーをあびてすぐに句会へ。自宅滞在時間は三〇分ほど。俳人は忙しい。電車の中で句を作る。ツイッターで松本ヒトシの発言にまともに反応している奴らがいて気分が悪くなる。芸人やタレントが言っていることを真に受けて、こいつら大丈夫なのかと心配になる。総監視社会。生きづらい世の中だねえ。

13：30「港ーマス」句会。ジャズシンガーの大橋美歌さんと月一回表参道で開催している句会だ。兼題は「栗」と「稲妻」。出句五句。

栗御飯寝ても覚めても栗御飯

稲妻やいまは空家になつてゐる

秋の陽をひきずつてゐるベビーカー

改札で速度の落ちる秋日和

葡萄もぐ空に吸ひこまるるやうに

栗御飯の句は話題になるも一点だけ。ベビーカーと改札の句は混み合う原宿駅で作った。句会後は軽く飲酒。よせばいいのに三杯おかわり。

18：00　肩があがらないのでマッサージ。安い店が開いてなかったので、豪華にアロママッサージ。菊花賞は三〇〇〇円しか買わなかったのでまだお金に余裕がある。七〇分を五分に感じるぐらいに爆睡。駅前でまずいラーメンを食べて帰る。ラーメンはニンニクを取るための健康食だと思っているので、まずくて結構。やたら元気なラーメン屋とかはムカつく。ラーメンなんかで威張られてはたまらない。

リンパ腺麺のごとくに長き夜

19：30　帰宅。うとうととしていたら二三時を過ぎていた。積読の漫画を読み出して三時少し前に入眠。

10月22日（月）

9：30　起床。夕方から取材があるので仕事は休み。昨晩寝たのが遅かったので、ゆっくりと寝ていたかったが小腹がすいていたのでそのまま起きる。今日はあたたかい蕎麦。もずくと卵をトッピング。海藻類は痛風予防で意識的に摂るようにしている。体がアルカリ性になるとかならないとか。

13：30　昼食。スパゲティーが食べたくなりミートソース作り。朝食の蕎麦の触感がパスタ欲を刺激したようだ。おいしくできたのでツイッターに載せると、台所が汚な過ぎるとのレスポンスあり。俺が見せたいのはそこじゃない。

アルデンテよりも固めの秋思かな

一レース当たったら昼寝しようと思うが、なかなか当たらず。当たったと思った先頭艇が転覆するという悪夢も。そのまま魚の餌になればいい。

16：00「き・まま」の対談のため府中本町へ向かう。昼間の中央線は思ったよりも混んでいた。大國魂神社で週末の天皇賞の的中祈願とさきほど転覆した選手の不幸をお祈り。的中に一〇円、呪いに四円、合計一四円をお賽銭に投入する。

ほとんどフリートークの企画なので、まずは一軒目の立ち飲み屋へ。店主からさほど大きいとは思われない声を注意されムカつく。日本酒はおいしかった。つまみもドライトマトのオリーブ漬けや、野沢菜のわさび漬けなどなかなかセンスがいい。でももう行かない。二軒目は「砂場」。競馬場や多摩川ボートの帰りにいつも寄る俺の行きつけの蕎麦屋だ。まだ一八時ながら月がくっきり出ていた。満月。

うまいしか言へない新酒の飲み比べ

月に雲女三人集まれば

日本酒を蕎麦焼酎に切り替え、中年の未来の話など。将来に可能性という言葉を使えなくなってからいかに生きるべきか語り合う。相手はスタッフを含め全員子持ち女性。こういうときの俺は本当に「おばさん」なんだなあと思う。盛り上がり過ぎて、そのままカラオケ&終電のがし。タクシー代でギャラが飛ぶ。名古屋のPさんからもスナックに誘われていたが間に合わず。申し訳ないことをしてしまった。

神の留守ちよつとエッチな歌歌ふ

2：00頃？　就寝。作務衣のまま倒れるように寝た。

10月23日（火）

9：00　起床。超絶二日酔い。休もうかと思ったが昨日も代休だったのであきらめて出社。スポーツドリンクを一リットル。

14：00　避難訓練。無理矢理昼飯を食べて微睡んでいたらいきなり聞いたことがない警報。「落ち着いて避難して下さい」と明るい声で連呼される。避難よりお前を非難してやりたいわ。八階から階段で外に出る。膝ががたがた。そこまでして守る命ではあるまい。途中でさぼって煙草を買いに行く。

訓練についていけずに天高し

避難所の缶の灰皿そぞろ寒

19：00　ふらふらなので早く帰るつもりだったが、「砂の城」の更新時期なので不動産屋へ。借りている城ってなんなのだろうと自虐的な笑い。一一月になったらMちゃんと温泉旅行に行くつもりだったのに更新料で金が足りなくなる。かなしみ。

19：30　帰宅。電気がつかない。東京電力は○ねばいいと思う。窓をあけると思ったより明るい。月というより街灯の明るさ。

街灯は夜霧にぬれるためにある　渡辺白泉

枕から綿が出てゐる月明り

何もできないので、ベッドにごろごろ。携帯電話でMリーグ（麻雀のプロリーグ）を視聴。昔はわざわざ牌譜を取り寄せたりしてたのに、プロの麻雀がこんなに身近に見られる時代が来るとは思わなかった。雀士のプロ意識の高さも清々しい。Mリーグの誕生は今年一番うれしいニュースである。俳人も見習ってほしい。

わが部屋で一番明るき赤⑤《ウービン》

24：00　ずっと暗いので寝るタイミングがわからない。だんだんと聴覚が鋭敏になりイライラしてくる。時計の音、隣りの家のカーテンの音、通行人の鼻歌、どれが本当でどれが嘘なのか。

10月24日（水）

8：30　太陽とともに起床。ベッドに郵便物の山を拡げ、電気料金の請求書を探す。電気の他にも、水道、ガス、ディアゴスティーニなどの請求書だらけ。マイナンバーの督促も一〇通ぐらい来ている。そんなもん知るか。人間は生きているだけでお金がかかる。なんて不便なんだろう。

枯蔦のぷつりぷつりとライフライン

薄暗い台所でパスタを茹でて朝食。一昨日のミートソースはそのまま鍋であたため直す。

10：30　出社。社内があたたかいことに不愉快になる。あたたかいというより暑すぎる。みんな文明に頭をやられてしまったのだろう。一人団扇でパタパタ。

役に立つこともあらうに秋扇

18：45　真っすぐ帰るつもりが、電車が中野どまりだったので新宿で降りて砂の城へ。昨日の売り上げをもらい、しぶしぶ電気代を払う。しばらく暗闇生活もいいかなと思っていたが、お風呂に入れないのがつらい。
土曜日買っておいたはずのジャックダニエルが行方不明。まあいいか。ハイボールを二杯だけ飲んで帰宅。給料日前でお客さんも少なかった。ビルの谷間に出た十六夜の月がまぶしい。

お月さん俺の遊びは綺麗かい

21：30　どきどきしながら帰宅。遠くから我が家の灯が見える。ああ、これで人間に戻れる。こんなことならきちんと払っておくべきだったと反省する。来月の今頃も同じことを思うだろう。

秋ともしこの灯りさへ原子力

23：00　お風呂に入って起床。悩み事がすべてなくなったような安堵感。

10月25日（木）

8：30　起床。快晴。これで小鳥でも囀っていればドラマの一コマのような朝。とはいえ俺のドラマはギャンブル一択。寝巻のままPCの前に坐りボートのモーニングレース。給料日なのでいつもより〇を一つ増やして購入。五〇円のインスタントラーメンをすすりながらぽんぽん金が飛んで行く。天気のいいことなどもうすっかり過去のことである。

小鳥来る給料袋を啄みに

13：30　少し遅めのランチ。通勤中に買った舟券が当っていたのでお寿司にする。ギャンブラーの一秒先はわからない。ここの店は葉わさびが病的に辛いのでお気に入り。つーんとして脳が委縮する感じがクセになる。そしてまたマッサージ。四〇分二四八〇円。微妙な設定だ。

うつ伏せから仰向けになるとき涎がたっぷり口のまわりについていて照れ笑い。何事も笑顔で乗り切るべし。

マッサージ台に寝そべり秋気澄む

17:00 ドラフト会議。四球団の競合の結果、根尾君がドラゴンズに。与田新監督がいきなり大仕事。当りくじを引いたガッツポーズが現役のマウンド上の仕草のようで胸が熱い。根尾君もすぐにドラゴンズの帽子をかぶって胴上げされるなど久しぶりにいいものを見た。来年は勝ち負けよりも元気なドラゴンズが見たい。

讀賣が外れ続けて秋の暮れ

19:00 渋谷。AYANO ANZAIの個展を見に行く。明日のレセプションに行くつもりだったが、時間が合わずに本日。お土産に渋地下でマカロンを買う。売り場はハロウィン一色。そういえば駅にも血糊のメイクをした女がいたな。本当に血まみれになればいいと思う。異教のつまらないイベントを真似する必要は全くない。

馬鹿が馬鹿と馬鹿をやってるハロウィーン

AYANO氏はあちこちで本人が一言話すインスタレーション。我を消すための行為という。ひたすらに我を求める俺と、ひたすらに我を消却しようとするAYANO。正反対のようでどこか魅かれ合う。自分の扱いがテーマということは同じだ。

秋の虹君は百人ゐてもいい

20:00 屍派句会。詳細は別ページに。一〇人以上集まり賑やかだった。一句だけこちらにも引く。

　両親がゐないドラフト四位かな

10月26日（金）

深夜〜早朝　句会のあとも飲み続け始発で帰る。YouTubeで「ロボやん」という謎のローカル番組を見つけてこうちゃんと爆笑。早く帰ればよかったと思う。もう朝方はひんやりする。シャワーをあびて仮眠、即出社。

12：00　よろよろなので、昼寝のためにマッサージへ。昨日は整体だったので、今日は足裏にする。

18：00　装幀家の間村俊一さんの出版パーティー。「夢座」の面々やきくまささなど懐かしい人達に会う。高橋睦郎氏に体に気をつけて、よく寝なさいと激励をいただく。やさしさに感激。寝るなとはよく言われるが寝なさいと言っていただくのは初めて。こういうさりげない大人になりたいと思う。

　行く秋の言葉の深さ図られず

21：00　豚小屋に寄ってから城。蝶ネクタイで正装していたので、もっといじってもらえると思ったが、反応なし。いとさみし。髪を切っても話題にならない女の気持ちが少しわかった。Mリーグは不調だった佐々木寿人が復活の国士無双。流れがかわる瞬間は劇的である。パーティーでそれなりに飲んできたので、ウーロンハイを三、四杯。

25：00　終電で帰宅。横になると雨の音。明日は撮影なので晴れることを祈る。

生贄を吊るして秋の澄み渡る

10月27日（土）

9：00　神々しい夢を見て起床。殴り合いをする今井聖を諌めながら、集団で光となって包み込む夢。そのときの人の指が六の字になっていたので、一レース6の単勝を買うと一三〇倍の単勝万馬券。余りに人気ないので四〇〇円しか買わなかったのが惜しまれる。それでも五万のプラス。これで城の更新料の目途が立った。ほッ。

12：00　本書に挿入する写真を撮りに関内へ。コンセプトは日曜日のお父さん。平和そうでどこか変態味を秘めている。中華街、山下公園、みなとみらいなどを一〇年近くぶりに散歩。なんだかんだと俺はヨコハマの人間なのだと思う。

ランチは上海蟹。紹興酒漬けの美味さと残酷さに中国人を讃えたい。

蟹でしかできぬ旨みを秋思とも

中華街の外れで牧田恵実の個展。作品集をいただく。俺のページもあり感激。麻原彰晃の顔写真と並んでいる。印刷屋が俺のことを犯罪者だと思っているらしい。

礫の秋に港の風少し

時計としか思っていなかった観覧車にも初めて乗った。怖かった。以上。

天高し揺れつつ昇る観覧車

17：00　野毛ハロウィン。いつものババアの店で飲んだあと、そのまま町に出てハロウィンを満喫。ナースとじゃれ合う。悪くないじゃん、ハロウィン。女を見たら声をかけるのが男のマナーである。

ハロウィンのお化けにもある下半身

23：00　新宿へ戻る。城ではお好み焼きパーティーをやっているようだが、泥酔してよくわからず。床に白い粉が落ちていた。神谷さんと久しぶりに会う。癌でどっかを摘出したあとで、おだやかになっていた。朝まで。

同じこと話し続けて夜長し

10月28日（日）

5：00　始発で帰宅。電車には仮装した外国人が多くてイライラ。やっぱりハロウィンは嫌い。島国が輝くためには鎖国しかない。

11：00　起床。お風呂に入って府中競馬場へ。今週二回目の府中。今日は天皇賞。二日酔いでアタマが回らないが、馬が勝手に走るのでお金を賭けてしまう。てんぐちんたちと一緒だったので、いいところを見せようと昨日の勝ちを突っ込んだが大敗。キャバクラに行けばよかった。枠の代用も一万円持っていたが、ハナ差でモレイラに差される。ほら見ろ、競馬界だけでも一刻も早く鎖国すべきだ。毎週日曜日に小さい外国人の笑顔と、カタコトの日本語を聞くのは不愉快極まりない。

鉄火場に異人をいれて秋惜しむ

17：00　おけら街道で飲み始め。全員負けたので、終始無言。テーブルにとまる蠅を殺そうとして盛り上がる。昼に買った煙草は二本しか吸ってないのにどこかに落とした。

殺すべし外れ馬券と秋の蠅

20：00　帰宅。ボートレースダービーの優勝戦。地元の池田から買うが、見せ場は進入だけ。傷が広がる。

22：00　イライラして眠れないので『博徒外人部隊』を見る。鶴田浩二だって外国人と闘っている。なんたる偶然。俺も戦わねばならない。良い映画だった。俺が生きている間は鶴田浩二を越える俳優は出てこないだろう。

秋の夜に鶴田浩二の大写し

25：00　就寝。休日の短さよ。

10月29日（月）

8：30　起床。しつこくモーニングレースに手を出す。当然のように外れ出社が遅れる。

ツイッター上では土日のハロウィンの騒ぎに対する抗議が並ぶ。別にどこで誰が暴れようと知ったこっちゃない。イチイチ目くじらを立てることはないと思う。そんなに自分が正しいことを認めて欲しいのだろうか。正義なんて渋谷の街より汚ねえよ。

が本心なのだろう。使う前に、城の更新料を振り込む。毎日がテキトー。

銀杏散る息をしてゐるだけで損

9：30　電車を待っていたら革靴の紐が切れた。靴紐が切れるのは人生初の体験。よろよろしているので靴に変な負荷がかかっているのかもしれない。前兆がなくても不幸ばっかりだ。

運命は死んだ秋刀魚の目に似たる

12：30　昼食。舟券が当たろうがなんだろうとカップ麺。ワンタン麺にはまっている。

線よりもお湯を多めに入れて冬

19：00　新宿。待ち合わせまでに時間があったので三〇分だけマッサージ。エレベーター前で

そぞろ寒ゴミ捨てる人拾ふ人

18：30　会社の歓送迎会。立ち飲み形式なのでテンションが下がる。ケータリングもこじゃれただけで圧倒的に量が少ない。二〇点。ちょっと飲んだだけで顔が真っ赤になったので、二次会には行かず帰宅。

ワイナリー風とは樽で嵩を増す

21：30　ベッドの上でしばらく動悸。身体が酒を拒んでいる。

10月30日（火）

8：30　起床。モーニングレースで五マンシュー。寝惚けていたのであまりドキドキしなかった。日曜の負けを取り戻してホッとしたの

観光客が写真を撮ったりして騒いでいる。思わず舌打ちしたら、不機嫌そうな顔をしていた。日本の嫌な思い出が増えたことだろう。ここ数日ムカついてばかりいる。

肯へぬ人種の違ひ霧襖

19：30　Mにゃんと鍋。食べ放題なのに、一皿一皿がでかくてほとんど食えず。そして汚い店なのに禁煙。不味くはなかったがチョイスを間違ったか。近況報告と年末の予定を確認して解散。店を出て路上で吸った煙草がうまい。駅前の温度計は一六度を差していた。

ライターを両手で包み冬近し

21：00　帰宅。ラジオをつけると日本シリーズ。詳しくは書けないがカープが負けてくれないと困る。野球の勝敗に生活がかかっているのは選手だけではない。辛くもホークスが勝利。明日もよろしくお願いします。

23：00　ぼんやりとエロ動画チェック。最近はみんなパイパンで面白くない。陰毛が濃いというより、広範囲に広がっているのが家元の好み。

陰毛を手櫛で梳かす夜寒かな

10月31日（水）

8：30　起床。体がだるくてベッドからなかなか出られない。スマホで舟券購入しようとしたが、画面がスマホ用の画面で買いづらい（いつもはスマホでもPC用の画面）。二連単の1＝4の折り返しを一〇〇〇円ずつするもぎりぎりで締切。あとワンプッシュぐらいの差。結果はお察しの通り4－1で一七倍。このままパッカーンして三万負け。パッカーンは句友・下村猛との合言葉で、ギャンブルで気持ちが途切れて金を突っ込み続ける状態のこと。月末なので、テレビ出演のギャラがいくらか振り込まれていると思ってなんども口座を確認するも残高ゼロ。

パッカーンと釣瓶落としの秋であり

13：30　昼休み。マッサージだけでは改善しないのでカイロプラクティクスへ。体中歪んでいると言われた。心の歪みが体に出ている。

バキバキと我は枯れ木にあらざるよ

18：30　一の酉の前夜祭に誘われるも、金、体力、時間無し。ハロウィンに対抗すべく、髪を青黒くするブリーチを買って帰宅。この頃毎日薬局に寄っている気がする。最後の頼みの綱の大井のナイターも全滅。明日からツキも変わるだろう。

22：00　入力等の内職。ひさしぶりにリチャード・クレイダーマンを聞きながら作業。昔の同居人は嫌がっていたが、俺は老人臭い音楽も好き。神無月の終りにはふさわしい。

24：00　課金制限が解除されたので『麻雀闘牌倶楽部』を再び。気がつけば朝の三時。麻雀熱が戻ったのは今年の三大ニュースの一つ。

上がるたび稲妻走る深夜かな

とまあこんな感じで、生活の中にいくらでも俳句のヒントはある。お前らも飲んで、賭けて、落ちこみまくれよ。女の話が少ないのがさみしいな。さあ明日から霜月だ。